副刊文丛 一 主编 李辉 王刘纯

# 好在共一城风雨

胡洪侠 著

中原出版传媒集团
大地传媒
大象出版社
·郑州·

图书在版编目(CIP)数据

好在共一城风雨 / 胡洪侠著.— 郑州 : 大象出版社,
2017. 1
(副刊文丛 / 李辉，王刘纯主编)
ISBN 978-7-5347-8475-0

Ⅰ. ①好… Ⅱ. ①胡… Ⅲ. ①随笔—作品集—中国—
当代 Ⅳ. ①I267. 1

中国版本图书馆 CIP 数据核字(2016)第 282423 号

**好在共一城风雨**

**胡洪侠 著**

出版人 王刘纯
项目统筹 李光洁 成 艳
责任编辑 徐淯琪
责任校对 毛 路
书籍设计 段 旭

出版发行 大象出版社(郑州市开元路 16 号 邮政编码 450044)
发行科 0371-63863551 总编室 0371-65597936
网 址 www.daxiang.cn
印 刷 北京汇林印务有限公司
经 销 各地新华书店经销
开 本 787mm×1092mm 1/32
印 张 9.625
版 次 2017 年 1 月第 1 版 2017 年 1 月第 1 次印刷
定 价 36.00 元
若发现印、装质量问题，影响阅读，请与承印厂联系调换。
印厂地址 北京市大兴区黄村镇南六环磁各庄立交桥南 200 米(中轴路东侧)
邮政编码 102600 电话 010-61264834

# “副刊文丛”总序

李 辉

设想编一套“副刊文丛”的念头由来已久。

中文报纸副刊历史可谓悠久，迄今已有百年行程。副刊为中文报纸的一大特色。自近代中国报纸诞生之后，几乎所有报纸都有不同类型、不同风格的副刊。在出版业尚不发达之际，精彩纷呈的副刊版面，几乎成为作者与读者之间最为便利的交流平台。百年间，副刊上发表过多少重要作品，培养过多少作家，若要认真统计，颇为不易。

“五四新文学”兴起，报纸副刊一时间成为重要作家与重要作品率先亮相的舞台，从鲁迅的小说《阿Q正传》、郭沫若的诗歌《女神》，到巴金的小说《家》等均是在北京、上海的报纸副刊上发表，从而产生广泛影响的。随着各类出版社雨后春笋般出现，杂志、书籍与报纸副刊渐次形成三足鼎立的局面，但是，不同区域或大小城市，都有不同类型的报纸副刊，因而形成不同层面的读者群，在与读者建立直接和广泛的联系方面，多年来报纸副刊一直占据优势。近些年，随着电视、网络等新兴媒体的崛起，报纸副刊的优势以及影响力开始减弱，长期以来副刊作为阵地培养作家的方式，也随之隐退，风光不再。

尽管如此，就报纸而言，副刊依旧具有稳定性，所刊文章更注重深度而非时效性。在电台、电视、网络、微信等新闻爆炸性滚动播出的当下，报纸的所谓新闻效应早已滞后，无法与昔日同日而语。在我看来，唯有副刊之类的版面，侧重于独家深度文章，侧重于作者不同角度的发现，才能与其他媒体相抗衡。或者说，只有副刊版面发表的不太注重新闻时效的文章，才足以让读者静下心，选择合适时间品茗细读，与之达到心领神会的交融。这或许才是一份报纸在新闻之外能够带给读者的最佳阅读体验。

1982年自复旦大学毕业，我进入报社，先是编辑《北京晚报》副刊《五色土》，后是编辑《人民日报》副刊《大地》，长达三十四年的光阴，几乎都是在编辑副刊。除了编辑副刊，我还在《中国青年报》《新民晚报》《南方周末》等的副刊上，开设了多年个人专栏。副刊与我，可谓不离不弃。编辑副刊三十余年，有幸与不少前辈文人交往，而他们中间的不少人，都曾编辑过副刊，如夏衍、沈从文、萧乾、刘北汜、吴祖光、郁风、柯灵、黄裳、袁鹰、姜德明等。在不同时期的这些前辈编辑那里，我感受着百年之间中国报纸副刊的斑斓景象与编辑情怀。

行将退休，编辑一套“副刊文丛”的想法愈加强烈。尽管面临互联网等新媒体方式的挑战，不少报纸副刊如今仍以其稳定性、原创性、丰富性等特点，坚守着文化品位和文化传承。一大批副刊编辑，不急不躁，沉着坚韧，以各自的才华和眼光，既编辑好不同精品专栏，又笔耕不辍，佳作迭出。鉴于此，我觉得有必要将中国各地报纸副刊的作品，以不同编辑方式予以整合，集中呈现，使纸媒副刊作品，在与新媒体的博弈中，以出版物的形式，留存历史，留存文化。这样，便于日后人们可以借这套丛书，领略中文报纸副刊（包括海外）曾经拥有过的丰富景象。

“副刊文丛”设想以两种类型出版，每年大约出版二十种。

第一类：精品栏目荟萃。约请各地中文报纸副刊，挑选精品专栏若干编选，涵盖文化、人物、历史、美术、收藏等领域。

第二类：个人作品精选。副刊编辑、在副刊开设个人专栏的作者，人才济济，各有专长，可从中挑选若干，编辑个人作品集。

初步计划先从20世纪80年代开始编选，然后，再往前延伸，直到“五四新文学”时期。如能坚持多年，相信能大致呈现中国报纸副刊的重要成果。

将这一想法与大象出版社社长王刘纯兄沟通，得到王兄的大力支持。如此大规模的一套“副刊文丛”，只有得到大象出版社各位同人的鼎力相助，构想才有一个落地的坚实平台。与大象出版社合作二十年，友情笃深，感谢历届社长和编辑们对我的支持，一直感觉自己仿佛早已是他们中间的一员。

在开始编选“副刊文丛”过程中，得到不少前辈与友人的支持。感谢王刘纯兄应允与我一起担任丛书主编，感谢袁鹰、姜德明两位副刊前辈同意出任“副刊文丛”的顾问，感谢姜德明先生为我编选的《副刊面面观》一书写序……

特别感谢所有来自海内外参与这套丛书的作者与朋友，没有你们的大力支持，构想不可能落地。

期待“副刊文丛”能够得到副刊编辑和读者的认可。期待更多朋友参与其中。期待“副刊文丛”能够坚持下去，真正成为一套文化积累的丛书，延续中文报纸副刊的历史脉络。

我们一起共同努力吧！

2016 年 7 月 10 日，写于北京酷热中

# 目　　录

## 第二辑　写于1996

**第三辑　写于 1997**

# 自　序

胡洪侠

本书所收文字，皆是20世纪90年代我任深圳商报《文化广场周刊》主编时写的“编读札记”。当时年轻气盛，不肯默默无闻为他人做嫁衣，逼着自己学董桥学沈昌文，一心想练成编辑的美文功夫。光阴迅速。二十年后，重编重读，顿觉当年虽壮志差可凌云，未免也太多情复多事了。部分篇目修修改改后曾编入广东人民出版社版《微尘与暗香》中，这次结集，全复旧貌，以存其真，以曝其傻。

书名颇费脑子。原来想叫作“凌晨零墨”，因每篇文章几乎都是凌晨动笔，缠绵到拂晓收工。记得无锡王咏枫先生1996年曾以《编辑的美文》为题给《出版广角》写文章推荐我的“编读札记”，说是以后应该可以结集成书，但要起一个文雅点的书名。我一直没有机会认识他并当面感谢他，故想此次出书应该听他的话。可是，装文雅容易，真文雅起来却是左支右绌，况“零墨”之类又能文雅到哪里去呢？还是从俗，自书里篇名中挑出一个做书名好了。我挑的是“此开卷第一回也”。理由有三：其一，我写的第一篇编者文字正用的是此名；其二，这些文字也确是源于我第一次做文化周刊的主编，于煮字生涯中有开天辟地的味道；其三，这是庚辰本《红楼梦》的第一句话，我借了来做书名，岂不别致？

可是李辉兄不同意，他说应该选“好在共一城风雨”。我也在心里掂量过此名，觉得和“此开卷第一回也”相比，未免柔弱了一些。可是我马上又同意了他的建议，因这句话很能代表我和《文化广场周刊》当时标榜的一种情怀。彼时的大众传播还没网络什么事，报纸兴旺，副刊风光，编辑常常呼风唤雨，作者往往一纸风行。既打出“共同的园地，不同的声音”之旗号，“广场”上人多嘴杂，各显神通，你可兴风作浪，他亦拨云弄雨，吵吵嚷嚷，果然热闹。谈文化，谈城市，谈城市文化，谈文化城市，许许多多现在人们还喋喋不休的话题那时我们都谈过了，许许多多当时一起读书喝酒衡文论艺的师友如今倒成了风雨故人。似水年华啊！好！好就好在曾经“共一城风雨”。

感谢李辉兄策划“副刊文丛”，我的这些从凌晨出发的文字终于有了一个挡风避雨乃至怀风忆雨的地方。

2016年7月6日，深圳

# 第一辑

## 写于1995

# “此开卷第一回也”

《红楼梦》第一回第一句话，即是“此开卷第一回也”。如今借了来用作题目，并无倚名著以自诩之意，只不过想表达两层意思：其一，我们这个周刊今天正式同读者见面，确是“开卷第一回”；其二，“开卷”往往同“有益”相连，我们借此自励，希望编发的文章不会浪费读者贵比金钱的时间。今天的这“第一回”，就交给读者去“开卷”。读者是否觉得“有益”，是我们最关注的事；读者如能真诚、坦率地给我们提一些批评与建议，则是我们最高兴的事了。

一个周刊首次亮相，照例要说几句开场白。先说周刊的名称——“文化广场”。文化，似乎是一个不太容易说清楚的概念，它的范围可宽可窄。窄，可以窄到文化局一类机构所管辖的范围；宽，就宽得几近无边无涯了，举凡人类创造的一切精神与物质财富，都可称之为文化。我们所采用的，正是这后一种文化定义，即“广义文化”或俗称的“大文化”。这么丰富的文化内容，需要一个包容极广、气度很大的空间来容纳，而能担此重任的词语之一，就是“广场”。“文化”而又“广场”，说明了这个周刊的内容与功能。

再说办刊宗旨。我们想了这样两句话：“凝聚文化目光，表达文化关怀”。也许，还可以再加上几句，诸如“开拓文化空间，提倡文化真诚”“弘扬传统文化精粹，把握当代文化脉搏”“传播文化成果，激发文化情趣”等。读者可以看出，这些话是句句不离文化的，不离文化、贴近文化、传播文化，既是办刊宗旨，也是我们的一种承诺，是以后的采写编读工作中我们始终围绕旋转的中心。

最后要说到版面设置。《文化广场周刊》每期三个版：一版围绕“点”做文章，即透视文化热点，分析文化现象，研讨文化趋势，专访文化人物；二版是“新语林”版，注重文化内容的“面”，从各个角度谈论文化的短小篇什均在此有立足之地；三版为“读书人”，走的是“读书”这条“线”，欢迎大家在此品书、赏书、荐书，交流读书体会，展示读书滋味，研讨读书方法，评判读书风气。报纸的不同版面仿佛就是负载着信息、思想、文化、知识的车辆，它从报社开出去，进入大街小巷、千家万户。这样说起来，《文化广场周刊》的三个版也可以用三种车辆为喻，一版是“专车”，注重深入、集中的专题策划；二版则是“公共汽车”，大家上上下下，说说笑笑，有感即发，妙文同赏；三版算是一辆“专线小巴”了，自然是“读书专线”，为所有的读书人提供“交通”便利。

好了，“第一回”已经“开卷”，“文化车”也已“出站”。希望各界读者不仅“开卷”，也为了我们写上一卷稿件；不仅当“乘客”，也在车上说说话。而我们要对读者说的话还有很多，这里又用得着一句老话：且听下回分解。

1995 年 9 月 3 日《深圳商报》

第三版《文化广场周刊》第 1 期

# 广场·客厅

今天的《文化广场周刊》一版推出一个《广场沙龙》栏目。初看起来，“广场”与“沙龙”两个词，仿佛河水与井水，犯不着同流的——广场是公共场所，而沙龙（法语中意为客厅）一般指私宅空间，这岂不是“公私不分”么？然而，不分自有不分的道理，比如我们可以说：广场正像一座城市的客厅，客厅也仿佛是一套住宅中的广场，二者的功能在许多方面是相通的。住宅中的客厅自然可以接待客人，但外国贵宾来访，我们的欢迎仪式也往往在广场举行。联系到文化，我们更可以说，广场与客厅实际上都是一种文化空间。

不必从理论上论证广场的文化意味，只举一远一近两个实例。远，就干脆远到城市广场的发源地古希腊。古希腊的广场，一般居城市中央，周围有公共建筑，有神庙，有独立的柱廊、连片的店铺。广场中则站着雕像，设着祭坛，种着树木，喷着泉水。各种公共的集会、仪式在这里举行，甚至法庭在这里宣判，戏剧在这里演出，运动项目在这里竞赛。广场俨然就是城市的文化中心。近的实例正好就在身边：深圳大剧院前的广场，不就发育出了一种“广场文化”么？

客厅文化就更用不着走几何证明题中的“已知、求证，因为、所以”的老路子，只看“沙龙”能作为一个特指文人雅士社交集会的名词通行全世界就足够了。18 世纪英国尺牍大家思罗尔夫人家中客厅里盛极一时的斯特拉丹聚会暂且不提，据杨东平先生的书中说，20 世纪二三十年代，北京的客厅文化也不得了：东总布胡同林徽因家的客厅里常常是学者满座，诗人盈屋，冰心甚至据此写了一篇著名的小说《我们太太的客厅》；而闻一多家中常常传出朱湘、刘梦苇、饶孟侃等读诗的声音；北大后门慈慧殿三号朱光潜先生家中则常常晃动着俞平伯、沈从文、周作人、朱自清、冯至、卞之琳等人的身影，客厅早已变成了星空，徒让我们这些后人高攀无梯，远望无路。

上面这些话的源头，实际上是本期“广场沙龙”中的一篇文章。文章认为，深圳的许多文化人之所以有孤独之感、失落之意、苦闷之情、怀旧之心，重要原因之一，是没有建立起在其他城市生活时如鱼得水的文化小圈子，身边的文化气氛因而稀薄很多，难免上气不接下气。于是我想，建立文化小圈子，不妨从自己的客厅开始。深圳标准住宅的客厅面积很大，但往往名不副实，大家都习惯将门关得紧紧的，客厅里常常有厅无客，厅变成了“筒”——“传声筒”：电视声、音响声、电话铃声、传呼机声……从不同的方向围过来，将“文化空间”挤成了“八音盒”。长此下去，怎么会不憋闷？深圳有广场文化，也许该提倡一下客厅文化了。广场文化会因客厅文化的搀扶而变得更加丰富、温馨、精致；客厅文化也会应和着广场文化的叩门声而变得有更多的现实关怀与建设功效。一旦客厅里有了文化，文化人也许会发现，苦苦寻找的精神家园总以为早成梦影，却原来就在客厅里。

最后的这句话算是“广告词”吧：《广场沙龙》也就是您的文化客厅，欢迎各位光临。

1995 年 9 月 10 日《深圳商报》

第三版《文化广场周刊》第 2 期

# “畏诗症”·文化·市场

钱锺书在《论文人》中曾引戈蒂埃《奇人志》中的一段奇文，说商人财主，常害奇病，名曰“畏诗症”。比如，财主偶尔打开儿子的书桌抽屉，看见了一堆写满了字的白纸，既非簿记，又非账目，每行第一个字大写，末一字不到底，细加研究，知是诗稿，因此怒冲脑顶，气破胸脯，深恨家门不幸，出此不肖逆子，精神顿呈变态。读后一笑，不想日前编稿，在一篇来稿中发现“畏诗症”的中国“病例”：一个青年诗人，发誓远离尘嚣闹市，独居无车马喧之村落，苦吟诗篇。某日终耐不住寂寞，信步到一酒馆，与老板商量："我在这里为顾客读我的诗，你给我酒喝，如何？"老板斩钉截铁地回答："喝酒，可以。读诗，不行。"

我们毕竟是"礼仪之邦"，所以饭店的老板不给你诗意但给你酒喝，正仿佛眼下流行的"小女人散文"，不给你真才实学，倒也不缺真情实感；哪里像西方的财主，竟然肝火旺盛得像从前的大批判文章，专以气势压人。不过，什么话都可以"说回来"，从老板、财主的角度看，他们也并非没道理：孩子专会写诗，长大就有可能"三七二十八"一般地不会算账。在饭店读诗，诗味不但增加不了菜味，更可能撵跑吃菜的人……看来出问题的恐是诗人与诗也未可知。

今天的《广场特辑》有篇文章分析"严肃音乐为什么繁荣不起来"，答案是欲要摆脱困难，就要尝试让严肃音乐走向市场。很好！不独严肃音乐，许多文化门类都面临这一问题。缺乏的生气也许会在市场中焕发勃勃不息的生机。但是走向市场之后又如何呢？听说某乐团大踏步走向市场，收入也随之大有改观，但在几次重要的音乐会上却频频出错，大失水准，自乱方寸，投资者与听众都不满意。前面提到的那位诗人，据称饭店未遇知音之后又受挫折，顿觉曲高和寡，高山岂能无流水绕之？于是自杀了。被市场拒绝，就这样轻易地打发生命，诗人也许有自己的道理；如果文化团体之类被市场接受后还自乱方寸，那就既不尊重市场，也不尊重文化，后果比自杀差不到哪儿去。

又想起刚刚去世的张爱玲。移居美国后她息朋绝友，守住寂寞，但十分关注她作品的市场。她曾到香港为电懋影业公司编写剧本，也曾为杂志写连载小说。但她不乱方寸，编《全集》最后一卷《对照集》，给几十张旧照片写“解说”文字，她用了一年时间，且要求出版社一个错字也不许有。寂寞与严谨至此，均非常人所能学。

财主的儿子当然可以学写诗，但也要会算账；诗人可以去饭店读诗，但诗要好，气氛要合适，听起来要悦耳；饭店老板当然可以答应诗人读诗，但利润不能受影响，最好能增加；文化人、文化团体应该走向市场，但一要尊重市场，二要尊重自己与文化；张爱玲的书当然有资格畅销，因为实在写得好，而且“不乱方寸”，连告别人世这样的事都独自一人完成。真的应该趁她走得还不太远，抓紧多祝愿几句：

“请走好……”

1995 年 9 月 17 日《深圳商报》

第三版《文化广场周刊》第 3 期

# 醉人的笑容你有没有

交响乐团的指挥总是背对着观众演出；一曲终了，做足了要么刚劲有力要么舒缓有致的手势，才优雅地转过身来，鞠躬，致意，同第一小提琴手握手，手挥观众跑上台献出的鲜花……这时，如醉的观众才会看到指挥家脸上醉人的笑容。

其实，演出时指挥家的背影也同样醉人。去看一场音乐会，我们不说去“看”，而说去“听”，真正看得真切的，除独唱、独奏演员外，只有指挥家的背影，仿佛所有的旋律先从那一袭漂亮、典雅、流畅的燕尾服上流过来我们才听得到。摄影家卡殊曾给西班牙大提琴家兼指挥家卡索斯拍过一张背对镜头指挥演出的照片。这张照片后来成为波士顿艺术馆的展品。曾有一位老人每天在照片前静立很长时间，久而久之，一位职员深感不解:“先生,您在看什么？”老人小声回答:“嘘，年轻人，你难道看不见我在听音乐吗？”

指挥家并不总是演出；指挥家总有转过身走下台的时候；指挥家走下台后往往不再指挥什么，笑容是否醉人也就不好说。不过，台湾著名指挥家陈澄雄转过身来也仍然是指挥家，笑容也依然醉人。各位只须细细读一遍正在你眼皮底下的这篇访谈录，便知我此言不虚，绝非“瞎指挥”。

台下的陈澄雄指挥什么？他指挥中乐、西乐“打通”，指挥中乐走向世界后风骚独领，指挥严肃音乐在大众间的普及，指挥民间小调走向舞台时的严整与精致，指挥两岸音乐间的交流与并进……诸葛亮证明了“将军决战岂止在战场”，陈澄雄则证明了“指挥家指挥岂止在台上”。

陈澄雄舞台上背对观众指点江山时的风采，转过身走下台侃侃而谈的神情，一定大有可观，可惜我都未见过。不过，听他说过的话，也能想象出一二。他说，如果演奏得好，西乐永远达不到中乐的境界，因为中乐讲究的是一种意境，一种神韵；他说，中国人的耳朵不能被西乐磨得听不见中国音乐的声音……这些话在舞台上都会变成幅度很大的手势，足以引发“鼓乐齐鸣”，我们在感叹他的气魄与胆识的同时，也祝愿他能站得稳。

背对着观众指挥，面对的当然是作品；转过身来指挥，面对的往往是问题。音乐界的问题像是一些胡乱跳动的音符，不大服从曲谱的管束。强行把它们按在五线谱上，未必就能花好月圆。所以陈澄雄曾倡议有识之士先坐在一起，共商大计，不必忙着玩“创新”的花样。先把中乐、西乐的优势和潜力认识清楚再让它们入洞房不迟。

音乐是如此，其他文艺门类亦大抵如此。艺术家唱着："可恨曲高和寡，我去也！"观众则喊："请不要在我面前背过身去！"艺术家吼道："我要吃饭！"观众笑道："饭，我们请你吃，可你得转过身来，让我们看看，醉人的笑容你有没有？"

有，还是没有，这真是个问题。

1995年9月24日《深圳商报》

第三版《文化广场周刊》第4期

# 半夜三更下扬州

扬州是个令人神往的地方，可惜至今我都未能尝到“烟花三月下扬州”的滋味。今年年初的一天晚上，乘车去苏北盐城，曾途经扬州一次，但那是黑夜中的擦肩而过，算不得有一面之缘，况且汽车走的又是环城路，哪里看得清扬州的真面目！所谓“腰缠十万贯，骑鹤上扬州”，所谓“绿杨深处是扬州”之类的诗情画意，不过在心里想想而已，正仿佛你苦苦思念一个人，却见不到她的容貌，听到的都是别人在一声声喊她的名字。

尽管如此，心里还是有一个扬州梦的。几天前的一个深夜，一北京友人从苏州打来电话，说他饱游姑苏之后构思了几篇文章，准备寄来，先在电话里谈谈想法。结束时他顺便说了一句："我明天去扬州。"这使我猛然想起我正在看着的一本书：《扬州八怪传》。书不厚，但作者功底扎实，文笔清通，且新意迭出，尤其"绪言"与"后记"，更是启人神思。我试着以书中的观点把扬州和深圳放在一起考虑，结果是对深圳的文化有了一点新认识。电话中我把一些想法对那位朋友讲了，他随即答应去扬州感受一番之后，再来决定是不是可以写点文章。就在一小时前，他来电话说，文章可以作，但遗憾的是在扬州没买到《扬州八怪传》。我想这也不奇怪，扬州的文化，扬州人日夜浸润其中，大概用不着读这方面的书，就像扬州人经常吃炒饭，但你给他说"扬州炒饭"，他却不大知道是什么味道。

关于《扬州八怪传》，我最感兴趣的是作者提出了几个很值得探讨的问题，比如："扬州八怪"为什么只能产生于扬州，而不能产生于他处？戏剧《桃花扇》，小说《聊斋志异》《儒林外史》《红楼梦》的出现正与“八怪”同时，这些作品不仅写到了扬州，它们的作者也都与扬州有密切关系，这是一种什么样的文化现象？“八怪”等艺术家，生活在商品经济繁荣的时期，与商人（特别是盐商）交往甚密，有很强的商品意识，从不讳言艺术品的商品性，但他们从未因迎合时俗而降低艺术标准，他们自成一派的作品既改变和提高了观众的习惯和审美水平，又提高了作品的商品价值。他们是如何做到既尊重艺术又尊重市场的呢？

这些问题，作者认为“泛泛而谈比较容易，要说得透彻，说得颠扑不破，就不简单了”。但书的“绪言”中一段话可以视为答案之一：“康乾之世，号称东南第一大都会的扬州有一种磁力，吸引思想上和艺术上的异端人物聚集在这里，形成一种气候、一种流派。这种磁力的形成，主要是商业的繁荣……扬州居运河与长江交汇处，自然成为漕运、盐运的枢纽，成为吸引万商云集之繁华都市。和南京、北京相比，商业的自由多少保护与纵容了思想与艺术的自由……”也就是说，地理优势、商业繁荣是扬州文化的基本成因。由此，我想了一些有关深圳文化的事，比如深圳不是也有地理优势与商业繁荣么？深圳不是也吸引来了大批客商与各路文化人？今后的深圳文化会是一种什么样子？有没有可能产生“深派文化”？眼下正在进行的所谓深圳“现代文化名城”的设计是否可以从扬州文化曾有的繁荣中得到点启发？

又是深夜了，写这篇札记算是又下了一次扬州，尽管还是三更半夜，尽管，还可能是擦肩而过。已在“待编”的稿件中拣出一篇《扬州一日两千年》，放在“新语林”版，这会儿则忙着计算日期：再等十天半月，北京朋友的那篇写扬州文化的稿子就该到了吧。

1995 年 10 月 1 日《深圳商报》
第三版《文化广场周刊》第 5 期

# 烛光里的文化梦

姜德明《余时书话》中的代跋文中提到，“文化大革命”初起时，线装书一夜之间由柜中珍藏的神品变成了心念“四旧”的罪证。可是，“当时在北京图书馆门前常有不留姓名、地址的公、私藏书家，趁着夜深人静把线装书成车地堆在那里”，让书有个好去处，而“这在当时要冒一定风险”。冒着风险给书找个好去处，自己已经没有了尊严而偏偏还想着让书能体面地“活”下去，这是乱世中经常可以看到的文化风景。

动乱的火焰愈烧愈烈的时候，往往是文化烛光渐弱渐熄的时候。多亏了有那些尽全力维护书的尊严的人，文化才能够薪火相传。金耀基记述剑桥一个名叫台维的书商，说："在第一次世界大战期间，学术之灯如风中残烛，在剑桥，台维先生决心使小小的火光保持不灭。那时，剑城几乎没有穿学袍的人在街上了，但他的书摊还是敞着，他的两个店铺还是开着。他使书显出了尊严。"金耀基感叹道：我们如要想建立文化的金殿，也需要像台维先生这样爱书、敬书，又喜欢把书的尊严、书的快乐带给别人的书贾。

书籍本身拥有尊严。有书之尊严，才有文化之尊严，才有人之尊严。不把书视为有尊严的书，也就不会把人当成有尊严的人。所以秦始皇不仅焚书，还要坑儒；乾隆皇帝不仅要纂修"焚毁书目"，还要大兴"文字狱"，该杀头的杀头，该流放的流放。文化人有时会梦想着"一言兴邦"，但他们看到的，却常常是"一言丧命"。

乾隆皇帝自然聪明得很，他似乎不欣赏秦始皇"焚书坑儒"的简单了当，而愿意玩一种更为复杂的游戏：

书既然禁不绝，烧不尽，那就修书；儒士们既然“玩”不完，杀不全，那就把他们组织起来，为自己“编”书。黄裳先生认为，“这就是《四库全书》产生的背景”。这部大书的功过是非，学界似早有定论。我感兴趣的是乾隆皇帝召集学者，令他们“聚集群书，暗暗改削，写成‘定本’，颁示天下”（黄裳语），是对书的尊严的维护还是亵渎？是文化的关怀，还是政治上的霸道与思想上的专制？

眼下《四库全书》已开始续修了。据说，续修范围中，包括恢复一部分因乾隆朝廷无视书的尊严而“致残”的珍贵典籍的本来面目。这真是一件功德无量的事。文化烛光风吹不熄，历史总会存其真，去其伪，扬其名，闪其光，这大概是乾隆皇帝想不到的。他一生写了一万多首诗，可有几首人们记得住？倒是他主持禁毁的书，却能够千辛万苦地流传下来，且被收入了《续修四库全书》。

但是，一本书什么时候成为禁书，什么时候又被人奉若至宝，也实在说不大清楚，所以，“雪夜闭门读禁书”也仍会是读书人的一种乐趣。雪夜，闭门，肯定要燃起一点烛光的吧；书，能写出来，印出来，又被禁，但又到了你手中，这便是书缘了；你在烛光里读它，不啻圆了一个小小的梦想：向好书表示尊敬，以烛光传递薪火。

当然这个时候你也不会忘记，献上一杯茶，向写作、编辑、出版这些书的人表示敬意。

1995年10月8日《深圳商报》

第三版《文化广场周刊》第6期

# 好在共一城风雨

## ——读几位师友的信

风渐渐地凉了起来，是秋天了。在北京，透出秋天到来消息的，常常是落叶，所谓“一叶知秋”；而在深圳，这个时候花也不谢，叶也不落，只有风会悄悄告诉你季节已偷换了。南北方的秋天各有千秋，原非一句“秋风秋雨愁煞人”可以概括得了的；南北方的文化各存化境，也不是一句“举世滔滔、商潮滚滚”可以说得明白。

所以，谈论深圳文化时，大可不必因深圳没有几千年的古迹、几百年的历史便说它是“文化沙漠”，正仿佛枫红霜白是秋天，山青水碧也是秋天。况且，“秋天是收获的季节”，这话在南北都是不错的。

秋风送来的几封师友的信，算是我们“文化广场”的小小收获。上海邓云乡先生来信的末尾提到陪深圳的朋友去苏州组稿一事，说：“同去苏州，与各位老先生见面，天气亦好，今日则秋雨绵绵矣！”云乡先生一向关注深圳文化，尤其为深圳报纸写稿用力甚劬，连组稿一类费时费力的事也亲力亲为，忙着去播种，也忙着去收割，虽年逾古稀，竟是一派干劲十足的样子。先生信中有谈深圳文化数语，谓“深圳经济发达，人才济济，文化事业到一定时期，自然渴望发展；且无地域性，能汇聚全国各地精华……定能取得可观之成绩，可预卜也……”先生端坐于水流云在轩，抬头望窗外秋雨，俯首写文化情怀，是可圈可点的清朗秋景。先生写信用自制宣纸信笺，上印两方淡绿色篆章：一为葫芦状的“红楼”，一为水流云在室名，行文、格式、称谓一循旧时尺牍例。读这样的信，浮躁的心性如沐秋风，顿时清爽许多。

深圳果然如云乡先生所言，确是聚各地精华，“人才济济”。虽然许多人是冲“经济深圳”而来，但一旦“文化深圳”开始建设，气候、土壤又宜人宜文，他们文化人的“故态”便会“复萌”。素不相识的深圳《女报》杂志的聂先生前几天寄来一信一稿，自称许久不写稿了，现在“竟动了写稿的念头”，“过段时间，我有一个系列文章，关于深圳文化的，你如有兴趣，不妨给我家打个电话……”喜形于色，“哈哈”笑两声电话马上打过去，人却不在，接电话的人说出差去了。“出差去了！赶快回来才好。”再读聂先生的稿子，有这样几句话：“我们都深爱这座城市，我们都在为这座城市寻找注脚，我们都想为这座城市灌注一点文化的底气。”真说得精彩。这个“我们”确实队伍庞大，近一段时间的来信、来电、来稿“不厌其烦”地证明了这一点。深圳绝不缺少关心文化的人，绝不缺少对文化有真知灼见的人，大家都在说，在喊，在写，在做。如此便有希望。

我也很欣赏深圳大学张文华女士信中的一席话。她说她想为深圳文化的“繁荣”做点小事，为什么呢？她把“原因”说得竟有些秋水般的柔美、秋波般的迷人、秋阳般的温情：

“好在共一城风雨。”

1995 年 10 月 8 日《深圳商报》
第三版《文化广场周刊》第 7 期

# 文化的动静

著名学者陈从周先生所著《说园》一书，开篇即论“园有静观、动观之分”，并举例说苏州的网师园宜静观：槛前细数游鱼，亭中待月迎风，“而轩外花影移墙，峰峦当窗，宛然如画，静中生趣”；同在苏州的拙政园则当动观：径缘池转，廊引人随，“与‘日午画船桥下过，衣香人影太匆匆’的瘦西湖相仿佛，妙在移步换影”。其中的道理，是依据园之大小，“小园若斗室之悬一二名画，宜静观。大园则如美术展览会之集大成，宜动观”。从周先生认定“造园，综合性科学、艺术也，且包含哲理，观万变于其中”。以此通识论园，果然所得更深，所见更远。

其实，静观也好，动观也罢，关键在人，“我见青山多妩媚，料青山见我应如是”，那是因为“我见、我料”，“坐对一山愁”，实际上是“愁对一座山”。观人、观书、观文化，亦同此理。自然界常常下雨，文化界往往“刮风”，在来势汹汹、去也匆匆的众多“新潮”面前，著名学者王元化先生是主张静观的，“文化思想的价值在于其本身，商业手段虽然可以把它炒得热火朝天，却不能改变真善美的价值法则”；“现在文化界也使用了股票市场所谓‘炒’的手段，以为广告宣传法力无边，可以决定艺术品的优劣成败，但是我却并不相信这种伎俩”。王元化先生欣赏熊十力先生所说的“沉潜往复、从容含玩”八个字，他有一种董桥所说的“静观的固执”。

固执地静观下去，时常可见到些奇山异水：对国学热大感兴趣的老板把“仁、义、礼、智、信”“善恶报应”“清静无为”糅在一起统称为儒学且堂而皇之地举行研讨会；写《新星》的作家不再管“衰与荣”而汇入气功洪流大写所谓“生命科学”；看不懂洋文书的“半老学者”也跟着新锐批评家们学满口的“文本”“语境”“话语方式”……

当然静观也并不等于“心如枯井”。文化有点像凉瓜，寒性是与生俱来的，当以“静观”为主，但有时也不能不出来“动观”一下。所以德国社会学家马克斯·韦伯既写政论性文字，也写纯学术文字。别人嗅出他这两种文字的气味不同，一个热辣辣，一个冷冰冰。金耀基则“听”出韦伯的这两种文章是两个声音，“一个是对学术之真诚与承诺，一个是站在政治边缘上的绝望中的呼吁”，韦伯动观与静观并用，金耀基则听出了韦伯的动静。

时下的中国文化人有的在静观，有的在动观。静观者潜心学术，动观者争辩问题。其中又有些动静皆宜的“好手”，所以就有了意味深长的两道风景：一方面，《原道》《原学》《学人》《中国文化》等纯学术杂志纷纷创办且能生存；另一方面，文化争论又非常热闹，“重建人文精神”“抵制‘投降’”等话题热得烫手，各路豪杰纷纷出场，就连金庸和他的武侠小说，大家也争得不亦乐乎。无人静观则学术停止生长，思想流于空泛；无人动观则活力无以激发，谬种难免流传。只要静观不停止思想，动观不乱了方寸，文化这出戏想必越来越可观。

“文化广场”当然是既要静观，又要动观的。“看山如玩册页，游山如展手卷，一在景之突出，一在景之联续。所谓静动不同，情趣因异……”从周先生的通透之论，让我们更真切地边看边听文化的动静。

1995 年 10 月 22 日《深圳商报》

第三版《文化广场周刊》第 8 期

# “想干点正事”

国庆节期间去海南组稿，却给蕉风椰雨勾起了许多往事。暌隔七年之后，再次走在海口的街上，发现这座城市像施了美容术一样变得俏丽而陌生了。七年前的“闯海”心情是苏轼的“九死南荒吾不恨，兹游奇绝冠平生”，七年后的“重游”心情是因缘千里又相会，可惜相识难相知：今天的海口已没有多少地方可以让人回忆，林立的楼群中挤不下怀念一条胡同的心情，那些搭着脚手架的“半截子工程”正催促着你向前看。

旧的文化该拆掉的拆掉了，该填平的填平了，新的文化正如搭着脚手架的“半截子工程”，尚未完全露出日后会有的真面目。久居海南的作家韩少功喜欢向前看,向思想的前方看文化的前景。他是第一批“闯海者”，七八年来在“孤悬海外”的岛上做着他的寂寞事业。那天，和韩少功、蒋子丹在海甸岛的一家名为“金海岸”的西餐厅谈约稿一事，我告诉韩少功说现在一批新锐批评家称他和张承志、张炜为“文坛三剑客”，韩少功摇头说不知有这称呼。他不大关心文坛的热火朝天。余秋雨有《天涯故事》一文谈海南历史，说：“幸好有一道海峡，挡住了中原大地的燥热与酷寒，让海南岛保留住了寻常形态和自然形态，固守着女性文明和家园文明怡然自得。”这里讲的是宝岛的过去，如今这些话大概只适用于韩少功、蒋子丹这样的文人了。

二百五十多年前，还在山东潍县当七品官的郑板桥在写给朋友的信中说了一句“学者当自树其帜”的话，认为文学艺术家缺少自己的旗帜，也就失去了自己的艺术生命。郑板桥说：“凡米盐船算之事，听气候于商人，未闻文章学问听气候于商人者也。”韩少功、蒋子丹他们自然不会没听说过“文章学问听气候于商人”的事，但他们“自树其帜”，先是办《海南纪实》，眼下正筹办《天涯》。韩少功说《天涯》会让人感受到20世纪90年代思想艺术的重要潮向和最新标高；蒋子丹说《天涯》将在很多中国文化人公开嘲弄文学的理想和崇高的时候，堂堂正正地重申文学的理想……

为了金钱而“听气候于商人”，不好，为赶时髦听气候于“学子”更糟，三本一套的《萨特文集》的出版让人看到了一点20世纪80年代文化热的影子。但文化一“热”就要“热”萨特吗？韩少功说萨特、尼采这些人“是一些衣食不愁的上流或中流富家公子”，他们表达的现代精神危机不是产生于贫穷，而是产生于富庶。而贫穷的中国学子却读着他们的书，争当“现代派”。韩少功说这“差不多就是穷人想有点富人的忧愁，要发点富人的脾气，差不多就是把富人的减肥药，当成了穷人的救命粮”。

富人的精神空虚填不满穷人的肠胃空虚，西方文化的“盛世危言”变不成中国文化的“灵丹妙药”。果真再有什么“文化热”也应该“热”扎扎实实的文化建设，而不是热衷于“炒”新思潮，造新名词；最好是“自树其帜”，像韩少功、蒋子丹之办《天涯》；郑板桥“衙斋卧听萧萧竹”，却听到了“民间疾苦声”，文化人虽然还不富裕，但也是“一枝一叶总关情”，文化上的事乱来不得的。

回深圳后接蒋子丹一稿，接韩少功一稿一信。韩少功信的第一句话是“《天涯》想干点正事”。真的，真的是要“干点正事”了，不是说文化又“热”了吗？

1995 年 10 月 29 日《深圳商报》

第三版《文化广场周刊》第 9 期

# “当初应该爱你”

思想家的书最是碰不得：一来他们的心思总被问号勾着走，说的话也就不那么轻松，很容易让人失眠；二来他们的命运也总是不济，罕见有顺顺当当走到头的。那天晚上读《顾准文集》，一种很遗憾的心情径自沉下去，千呼万唤也浮不上语词的表面。电视里传来赵传的歌，“很丑”的歌星在唱一首新歌，名字是《当初应该爱你》。是的，当初应该爱你，当初人们应该爱顾准，当初中国应该爱顾准……这首歌的歌词倒也不坏，起码不是一味地死甜，不妨录下（这几句是第二天从一家商场的音响专柜抄来的）：

我跪在过去与现在交会的点，祈求天将我所失去的全都还给我。和你相遇太晚，分手太早，只怪我没发现，你对我好……是的，当初应该爱你，可是为何我匆匆放弃。我闭上眼睛，假装我可以忘记，流下的眼泪却骗不了自己……

这首一个人唱给另一个人听的歌，由我们许多人唱给顾准听倒也挺合适。确是“相遇太晚，分手太早”，朱学勤则说“人们痛惜顾准去世太早，得到理解太晚”，一个意思。朱学勤在他的论文序言里写道：《顾准文集》是“当时被排斥在主流学术界之外，一个优秀思想家写给抽屉而不是写给出版社的思想手记”，他的博士论文“费三十万言所想说明而且不一定能说明的内容”，却已被顾准在二十年前用三言两语点破，“面对如此犀利的先知先觉，我不能不肃然起敬”。

顾准现在被“发现”是一位真正充满博大爱心的思想家，他于20世纪30年代参加革命，做共产党的实际工作多年，20世纪50年代起遭受不公正待遇，曾两次被划为“右派”，1974年被迫害致死。二十多年间他“只服从真理”（吴敬琏语），精研历史、经济与政治，写下大量笔记。这些笔记整理成《顾准文集》出版后，震动了思想界与学术界。人们终于发现“你对我好”。顾准的儿女们在“文化大革命”中同他断绝了关系，后来他们的心情也正是“只怪我没发现，你对我好”。顾准的大女儿在一封信中说：“在他最需要亲人的时候，亲人远离了他，可是恰恰他的思考，包含着更多的真理。人生只有一个父亲，对于这样的父亲，我们做了些什么呢？”“是的，当初应该爱你，可是我为什么轻轻放弃……”放弃顾准的当是那个时代吧？朱学勤则提问道：“顾准儿女的理解，是迟到的理解”，“然而，迟迟不解顾准者，又何止他一个女儿？”至今顾准其人其文也并不广为人知，哪里比得上大唱“我很丑可是我很温柔”的歌星，顾准当然不丑，他的思想也绝不“温柔”。

正准备组织文章向读者推介顾准时，上海远东出版社出版了巴金老人的新作。巴老八年前出了一部说真话的大书《随想录》之后，曾宣布“封笔”，但他终于没有在说真话的路上停下来。《随想录》之后又有《再思录》。“我闭上眼睛，假装我可以忘记”，巴金老人不肯“假装可以忘记”，他说“我有声音，就不会沉默。声音哑了，我还会使用颤抖得厉害的手……因为流下的眼泪骗不了自己”。

总不能若干年后再对巴金唱“当初应该爱你”吧！只识《家》《春》《秋》，不知《随想录》《再思录》，便不懂作为思想家的巴金。

看来，思想家的书最是要读，尽管读起来不轻松，尽管要失眠，“我跪在过去与现在交会的点，祈求……”“祈求”并无用，别“闭上眼睛”就是了。理解不能老迟到；当初没爱，现在爱也不迟。

1995 年 11 月 5 日《深圳商报》

第三版《文化广场周刊》第 10 期

# 巧　对

大史学家陈寅恪妙论很多，行止也多与常人不同。比如他认为对联在各种文学形式中字数最少，但却最富于中国文学的特色，所以1932年清华大学新生入学考试时，他出题以“孙行者”为上联，让考生对下联，结果大半考生交了白卷。但也有对出来的，其中以“胡适之”对“孙行者”最为有名。

上面是翻梁羽生《名联趣话》得来的典故。这让我想起另两篇谈论深圳文化的文章，它们的主旨也可构成一巧对。斯英琦的一篇题为《一次回望历史的机会》的书评，谈的是何博儒的历史小说，表达的是作者对深圳文化建设的一个观点。他以文学创作为例，认为深圳的文学创作要“形成规模”，需要作家对深圳有“同根相生、同气相求的血缘情感，有共忧患、同沧桑的家园情感”。如何获得这种情感？他开出的方子是“回望历史”，因为“一个作家的个体生命在于对价值的了解和寻找，这种了解和寻找必须通过传统和语言来证实”。不然的话，“文艺创作至多只能是浅薄的讴歌或隔靴搔痒式的生活表层反映”。

而三版《深圳的声音》的作者刘伟似乎是持另一种看法。他说“现在不少文化人有意无意地希望深圳也变成传统文化的领地，以他们传统眼光来看，深圳文化实在太少”。那怎么看才多？刘伟的“药方”是“面向未来”，不然的话，深圳“这位充满朝气的小伙子”就会成为“踱着四方步、满口之乎者也的儒雅君子”。前者要“回望历史”，后者要“面向未来”，应该算是“巧对”（音韵上尽管有些不工）。

其实两人说的都不错，合在一起则又是“巧对”，又是“真理”。“深圳的特点和魅力就在于新”(刘伟语)，没错，但“新”来自“旧”，创新需要以传统为根底。“标新”不一定非“立异”；“翻新”亦无不可，但最好不“弃旧”。美国著名社会学家希尔斯在《论传统》一书中说，一个社会是一种“跨时间”现象，并不能由瞬间的存在构成，“它只是历时地存在着，它需有一种时间跨度，正如它有空间上的整合一样，它也有时间上的整合”。深圳文化既需“空间整合”，也需“时间整合”。当然要“面向未来”，但需“回望历史”，在传统中寻求“价值支持”。一味求新，就有可能“以不断翻新的潮流和旗号来掩饰内心的空虚，正像失去自信的女人频频在镜头前换妆补粉一样”(斯英琦语)。不把根扎在深圳，不时时地“回望历史”，就会把深圳看成“别人的城市”，形成“间隔心态”(斯英琦语)。话说得很到位，但对来自四面八方的文化人来讲，仅仅“回望历史”，深圳还会是“别人的城市”，他们不会有机会像何博儒那样在深圳有“几十年生命的浸淫”，他们必须“面向未来”，一边扬弃旧的传统，一边创造新的传统，想想看，“如果深圳在开发之初便是一块传统文化的厚硬地带，深圳还能有今天吗？”（刘伟语）

考做对子确实有趣，上联是问题，下联就是答案，一个回合解决问题，“写意”得很。但有时一个回合也解决不了问题，陈寅恪虽然认为以“胡适之”对“孙行者”妙极，但梁羽生认为对得最好的是“祖冲之”，因为“祖孙相对，天造地设”。如何建设深圳文化，已成为众人关注的问题，仿佛是个上联正在求对，“回望历史”“面向未来”都是好下联，但也许有更好的。“胡适之”“祖冲之”都已是历史，须时时回望，不能忘记，但谁说得清有没有一个什么人更“对”得起“孙行者”呢？那便是“未来”了，一定要面对。

1995年11月12日《深圳商报》

第三版《文化广场周刊》第11期

# “模特”

学者常常有苦闷的时候。启真先生在一篇文章中谈到，一位很有才华的年轻学者，很有创见又很想发表自己的创见，可他任教的那所大学偏偏不需要创见。人们要求他不断地介绍西文新说，“这些新说就像时装那样变化不停，于是这位学者就只能充当‘学术模特’，为不断展示时装而疲于奔命”，“这岂不令人苦闷？”

模特穿的时装尽管不属于自己，但毕竟有在舞台上风姿翩翩的时候；“学术模特”尽管发不出自己的声音，好在也并没被人封住口。说起来这种苦闷虽值得同情，但又仿佛是“一个愿打，一个愿挨”。其实“名模”不愿当了，可以做公关，开酒店；“学术模特”不愿当了，或者不要学术，或者不当“模特”。讲台多得很，大胆发表创见就是，等创见发表完了再“苦闷”不迟。

学者最大的苦闷也许数不上被要求做“模特”，而是被要求“住口”和接受“改造”。1972 年 10 月的一天，陈敏之去北京看望住在一间公共宿舍里的五哥顾准。此时顾准因一向发表创见而丧失了除他自己外的一切——名誉、地位、家庭（妻子 1968 年被迫害致死，子女和他划清了界限）。陈敏之发现他的五哥头上戴了一顶从旧帽子上拆下来的白布衬里做的帽子，样子有些滑稽，正在炉边读书。同屋的学者们“每人有一小块领地，一架图书，静悄悄，各人读书写作，互不相扰，气氛也还宁静”。此时顾准已抱病在身，但仍在“以冷峻的眼光、诚实的态度对当代历史做着新的探索”。他的许多创见就是在兄弟俩见面之后的通信中提出来的。一直到 1974 年被迫害致死，他写给陈敏之的充满创见的信也从没中断过。

学者的使命就是要发出自己的声音。这种声音一要正直，二要诚实，三要接受实践检验。启真先生的文章还写道：特区要培养“大师”和发展有特色的文化，就一定不能出现迫使人充当“学术模特”的氛围。确是中的之论。文化建设说起来需要三种人，按中国早期文化学的倡导者黄文山先生的说法，这三种人是文化学者、计划者、行动者。文化学者以科学方法对文化进行精密研究，把握规律，预测未来；他们的最大希望是能够说“在某些环境中，某些结果似乎要产生出来”。计划者据此制定方案。行动者依方案而行动。文化学者的头脑最是要冷静，不能做“模特”，不能以为到了什么地方转了一圈、买几套时装回来便可以预测服装流行趋势；计划者也不能灵机一动便有了一个方案，认为某套时装非这样穿那样穿不可，总得有比较异同、实事求是的功夫；行动者不能一味地捧“名模”，乱起哄，随便送掌声，也不能要求学者、计划者做“模特”，好让自己看着舒服，总得考虑衣服合不合身、是否裸露太多、是否可以上街、是否可以出席晚宴等。

学者、计划者、行动者三方面的配合至关重要。深圳文化一定要穿适合自己气质的衣服，这衣服要自己裁制，不能被时装迷花了眼。谁也不能要求谁做“模特”。“行动者”里根当总统时经常会被问到一些政策上的他不懂的问题，这时他会把话筒递给他的白宫顾问爱德华，“这个我可真的不懂了，爱德华懂”；“行动者”不懂绝不装懂，“学者”“计划者”爱德华于是可以如实发出自己的声音，他一点儿也没有做“模特”的苦闷。

1995年11月19日《深圳商报》

第三版《文化广场周刊》第12期

# 千万次的问

## ——兼寄友人

……来信早已收到。编务冗杂，未及复信，抱歉抱歉。《文化广场周刊》问世不久，尚在学步；我等亦如新妇入厨，羹汤初作，心中常存惶恐之念，脚下不免如履薄冰。信上说“《文化广场周刊》期期必读”，真是感谢，仿佛演员在舞台上气喘吁吁之时，听到遥远的角落里传来一片掌声，音停耳畔，暖驻心头。你说周刊似乎专注“雅”，其实，周刊的初衷本是既不故意扮雅，也不刻意流俗，只想把雅的俗的都拿出来搅拌、烹制一番，调出些新的品味出来。懂“食文化”的人常以“燕窝海参”为“雅”，以“鸡鸭鱼豚”为“俗”，但袁枚却谓“燕窝海参，虚名之士也，盗他味以为己味；鸡鸭鱼豚，豪杰之材也，卓然有自立之味”，可见“味”本身无关雅俗，“品”法不一样罢了。文化越来越难分雅俗，关键还是看有没有可品之味，是不是善品之人。

“对于深圳文化，眼下应不断地发问，不必忙着定标准答案。”你这一观点足让我欣赏了半天。探讨问题恰如登山，结论在山顶，问题在山中。登山时一路左顾右盼，前思后想，奇山异水了然于胸，亭寺碑石皆存眼底，优劣得失便渐明渐朗，弃取存留会自有分寸。这样一直边问边走，山顶的结论自然会在脚下。但现在人们似乎再没耐心一步一步拾阶而上，只喜欢乘缆车直达山顶，刹那间就有了结论，然后一边很传统地吟诵“一览众山小”，一边很现代地感叹“无限风光在险峰”。不一会儿，诗人的激情消失了，传统与现代的结合宣告完成，“方案”“模式”立刻在云里雾里浮现，全不管这些横空出世的东西与脚下的这座山峰是否情投意合，“这边厢把他们推进洞房，那边厢的喜宴就开了张”。痛快倒是痛快，但“痛快”可能会很快地倒转过来，变成“快痛”。这些有点不伦的比喻你看了该会笑的吧！

也许该给你介绍点关于深圳的妙喻。创造这些妙喻的人其实都是关心文化的人，比喻是他们向文化提问的一种方式。“文化沙漠”一类的话就不必提了。因为既不新，更不妙；爱讲这句话的人像是突然撞见一位陌生人，一时手足无措，只好拿些套话搪塞几句。关于“深圳是一块松软地带”的说法就有些意思了，它讲了一种社会现实，却预示着多种文化前景。最近一期《街道》杂志有篇文章，说深圳“就像一个个刚建好的房子，充满水泥的味道，缺乏人气。所谓人气，就是浓厚的文化氛围”。这个比喻有七分真实，三分尖刻，加一块儿却是十分有针对性。另有一个“文摘”的说法，谓深圳将散见国内外的许多好东西都拿了来

（比如锦绣中华、民俗文化村、世界之窗的集纳式景点），但读起来像本文摘杂志，不像一篇有独立创见、布局巧妙、情辞并美的文章。对了，你信中说“深圳是一个靠科学喂养迅速成长起来的美少年，体魄强壮，但气质差些”，这应该也算是一个妙喻。这几个比喻各有偏颇处，只是偏的方面不同，但方向却一致，都朝向文化。加上句号是判断，换成问号便是问题。深圳果真是这样的吗？不是这样，又是什么样？应该是什么样？怎么样才会什么样？什么样才会不这样？问来问去，都是问题。最近喜欢一首歌——《千万次的问》，有机会回北方肯定唱给你听。总觉得这首歌不仅能唱给朋友，也能唱给文化：“千万里我追寻着你，可是你却并不在意。你不像是在我梦里。在梦里你是我的唯一……”苏轼曾对人说过“余以手为口，尔以眼为耳”的话，可见手口眼耳是相通的，不必非分出孰雅孰俗。这样一来，我现在写的这些话你该是都能听见的，何况还有一首歌：《千万次的问》。文化应该是最经得起千万次的问的，以“文化目光”发问，以“文化情怀”

讨论，答案总有翩翩而至的时候。答案有时不止一个，这本身又隐含了无数个发问的机会：文化是在问声中长大的。

北方是否又飘雪了？雪还是那么洁白、从容、宁静吧。

1995 年 11 月 26 日《深圳商报》

第三版《文化广场周刊》第 13 期

# 在雨中

一年多前写《天上飘着余秋雨》时，曾引过余秋雨散文《夜雨诗意》中的一段文字，现在对这段文字依然很喜欢。“在夜雨中想象最好是对窗而立。黯淡的灯光照着密密的雨脚，玻璃窗冰冷冰冷，被你呵出的热气呵成一片迷雾……你用温热的手指划去窗上的雾气，看见了窗子外层无数晶莹的雨滴。新的雾气又蒙上来了，你还是用手指去划，划着划着，终于划出你思念的名字……”

真的是这样。雨夜对窗而立，听窗外淅沥雨声，此时人的心里不是恋人心思便是文化情怀。恋人心思有一首叫《心雨》的歌可以表达，“为什么总在那些飘雨的日子，深深地把你想起”，情思绵密细致，引人无限惆怅。文化情怀则可以看看余秋雨对夜雨诗意的思考。夜雨临窗时，他想的其实是文化。他固执地在夜雨中寻找诗意，结果发现的是诗意的正在失落：“某种感人的震撼和深厚的诗意似乎注定要与艰难相伴随，当现代交通工具和营造手段使夜雨完全失去了苦涩味，其间的诗意也就走向浮薄。”

不大容易说清楚的“文化情怀”，其实就是在雨天寻找诗意的心情，或者说是一种“雨意”。晴朗的天气里，阳光灿烂，催人行动。这时的心情正仿佛现实主义的人生态度。雨天则令人沉静，使人想一些晴天来不及想的事，恰如理想主义的回首与展望。晴天的行动是现实参与，雨天的诗意是终极关怀：这么说应该是可以的。晴天免不了令人焦躁，使人闷热，心中飞起无数浮躁的烟尘。此刻，雨就成为必要的了，凉爽、沉静、踏实都会随雨而至。文化人固执地在雨天寻找诗意，心里想的正是晴空如何更宜人，所说所作为的都是阳光灿烂的日子中也能有几分雨意。

巧得很，这几天接到几位素不相识的朋友的电话，谈的都是与文化或《文化广场周刊》有关的事。汉语的“雨”字有“友人”之意，那这几位朋友算是“新知新雨”。一位赖先生鼓励我们说，尽管他自己很喜欢《文化广场周刊》，但像他这样“着迷”的人似乎还不太多，“你们应该扩大读者面，把周刊办得可读性更强一些，但是品位不能降！”真谢谢他的这一番提醒。另有一位程先生来电话，说他写了一篇“全面考察深圳文化”的文章，有七千多字，希望先给《文化广场周刊》用。接听这样的电话，经常会使我产生一种“听雨”的感觉。清人张潮认为人如果要“不虚此生”，便要能“听”，“春听鸟声，夏听蝉声，秋听虫声，冬听雪声，白昼听棋声，月下听箫声，山中听松风声，水际听欸乃声”，我这里正可续上一句，便是“案头听雨声”。

不仅仅“听雨声”，也常常是“在雨中”。编发《余秋雨教授访谈录》，听余先生关于文化的宏论，直觉得他雨夜中寻找的诗意径自浸润到了我们的版面上。“新语林”版有篇真正的“直面现实”的文章，呼唤人与人之间的尊重，声如雨打芭蕉，令人怦然心惊；“读书人”版彭程的文章谈人与书的对应关系，声如雨敲琉璃瓦，入耳之后悦耳复悦心。编辑有许多甘苦不足为外人道，只这“听雨声”“在雨中”的感觉尚可一说。

“春雨宜读书，夏雨宜弈棋，秋雨宜检藏，冬雨宜饮酒。”可见四时雨天都有诗意，都有文化，关键是要去寻找。文化需要雨的滋润，需要众多的“雨丝”“雨滴”以诗意的寻找来关怀。当然，不需要晴空霹雳，那是干打雷不下雨，徒然让人心惊；更不需要狂风暴雨，比如“文化大革命”，那只能带来灾难。文化情怀就是用手划去雨窗上的雾气，“划着划着，终于划出你思念的名字……”

1995 年 12 月 3 日《深圳商报》

第三版《文化广场周刊》第 14 期

# “常侨居是山，不忍见耳”

董桥在《陀山鹦鹉的情怀》一文中，曾引过一段佛经故事，故事说：“昔有鹦鹉飞集陀山。乃山中大火，鹦鹉遥见，入水濡羽，飞而洒之。天神言：尔虽有志意，何足云哉？对曰：常侨居是山，不忍见耳！天神嘉感，即为灭火。”董桥谓这陀山鹦鹉的情怀，就是一种文化情怀：文化的庭园万一着火，有点文化情怀的寻常百姓则十九是鹦鹉，不计成败，入水濡羽，飞而洒之，因为“不忍见耳”！

这“不忍见”的“山中大火”有时是历史，有时是现实。再过几天，1995年12月13日，就是惨绝人寰的南京大屠杀58周年纪念日了。这12月13日，是许许多多中国人年年不堪回首的一天。今年是世界反法西斯战争、中国抗日战争胜利50周年，今年的12月13日就格外地令人不堪回首。听说拍成了《南京大屠杀》电影，但一直没看到。听说一位作曲家为南京大屠杀写了一组音乐史诗，大概是因为首先在美国发行吧，反正市面上也还没有唱片卖。但这组音乐史诗的名字我却牢牢记住了：《不要哭啊，南京》。我能想象作曲家如何满腔怒火地融自己的情怀于音符之中，他说“不要哭啊，南京”，他自己一定是眼含泪光的，他自己一定是哭了又哭。30多万人惨遭日军杀害，龙盘虎踞、六代豪华的文化古城被付之一炬，“朱雀桥边野草花，乌衣巷口夕阳斜”，“烟笼寒水月笼沙，夜泊秦淮近酒家”，这些经成千上百年才酝酿出来的诗意被一支“野兽组成的部队”肆意践踏，这残暴、血腥的一页，怎能让人不哭？每一个有血性的中国人怎么能够忘记！

是的，不忘记，一万年也不忘记！康延兄以《一万年也不忘记》为题，写了一篇让人热血沸腾的文章，登在12月号《深圳青年》上。那天他打电话来，说"你一定要读读这篇文章"，他这不是"自我推销"，而是期望见到更多的共鸣、更多的泪光。他"不忍见"的其实是耻辱的历史正在被人淡忘："我们可以淡忘历史的辉煌，但要深记历史的耻辱；我们可以原谅应该忏悔的罪过，但不放过罪人的嚣张；我们可以暂时忍受经济的落后，但不愿忍受任何一次国格和人格的丧失；我们可以不断地更替流行歌曲榜，但坚守一支让我们血液激荡的《义勇军进行曲》的国歌……"这真是啼血的呼喊，含泪的誓言。

今天我们特在《文化广场周刊》的"读书人"版，编发一篇艾舒先生的文章《为这个日子而歌》，以纪念南京大屠杀58周年。艾舒同康延一样，同是为呼唤"不要忘记"而歌：

中国人，有那么一段历史——被侮辱和被损

害地活着。我们民族的人的头颅，竟然被另一个民族的人用手提着，游戏着。我们民族的妇女，被另一个民族的野兽强暴……



艾舒说他要“拼尽全身的力量，写下‘我们不忘’！”

对许多“山中大火”我们忘记得太快了；对明知不济，但仍要“入水濡羽，飞而洒之”的鹦鹉，我们忘记得太多了。国家是我们自己的国家。“常侨居是山”，就一定要有“不忍见”的情怀。所以余秋雨不仅在文化苦旅中去收拾文明的碎片，他也直接介入文化现实，“多和民间接壤，多和文化决策者接壤，多提供一些建设性的思考”；他反对那种假模假式的文化人，“老是处于一种至高无上的地位，像老师爷那样指东道西”；他提倡一种民间情怀，希望大家以一种介入的态度，来参与文化建设。许多人不理解余秋雨，说他太贴近现实，与社会过于融合，有失文化人的高贵。余秋雨说：“我宁可不要这样的高贵。”

历史与现实，尽入陀山鹦鹉的眼底。陀山鹦鹉不是远远望着“山中大火”空悲啼、发牢骚的鹦鹉，不是长叹两声、冷笑两声、自视高贵的鹦鹉，不是离“山中大火”而去，换一个地方安居复“学舌”的鹦鹉，更不是趁火打劫、借火富贵，甚至火上浇油的鹦鹉。陀山鹦鹉的情怀，一定是“入水濡羽，飞而洒之”。常侨居是山，不忍见耳。怎忍见耳。

1995 年 12 月 10 日《深圳商报》
第三版《文化广场周刊》第 15 期

# 活　着

## ——兼《读者说文化》稿约

顺手翻了翻今年第 4 期《特区文学》，见《卷首语》第一句话是“历史的进程，难以预料”，心里不免一惊，就想起刚刚放下的《广东新语》那本书。清人屈大均早年以诗负盛名。晚年著《广东新语》，分类记述天、地、山、水、虫、鱼等，“凡广东之天文地理、经济物产、人物风俗，无所不包”，且作者“时以反清复明为念，书中颇有借古讽今，指物喻志者”（见该书中华书局版《出版说明》）。历史的进程果然难以预料。他死后七八十年，时任两广总督的李侍尧读了这本书后非常恼火，认为屈大均“托名胜国，妄肆狂狺。其人实不足取，其书岂可复存”，于是罗织罪名，将屈大均所有著述书版一概焚毁，还要发棺戮尸，不过找不到坟墓，竟将屈大均两个收藏着《广东新语》的不识字的孙子给杀了，据说还算是“从宽处斩”。这一切，屈大均当然预料不到，他更想象不出，他所记述的“天南粤区”，三百年间会有几番沧海桑田的变化。

岭南文化史中，屈大均算是较早地具备了“文化自觉”的人，所以他要“于广东通志，略其旧而新是详，旧十三而新十七”；所以他给他的书取名“新语”。勇于打出“新”的旗号，往往就是“文化自觉”的开始。文章开头提到的那期《特区文学》中还刊有一篇关于“新都市文学”的座谈。我自己没读过几篇“新都市文学”作品，对座谈中几位教授和硕士的褒贬之论不敢置一词，但有一个观点我很认同。他们认为，“新都市文学”概念的提出表示出一种文化上的自觉。想想，还真是这么回事。再想想“特区文化”概念的提出、“深圳文化发展战略”的制定、“现代文化名城”设想的出台，都很是这么回事。我们《文化广场周刊》所要努力、要响应的，包括提出“共建文化深圳”命题，也是这么回事。

其实上述命题都是“活”命题，因为“新”而“活”，因为“活”而需要培植、养护，让它们一个个地“长大成人”。钱锺书先生曾谓学问是“二三素心人荒江野老屋中细细商量培养之事”，城市文化建设问题当然不能只靠“二三素心人”，也不能尽在“荒江野老屋中”，但“细细商量培养”则是一样的。一位郭先生认为“文化深圳”一词目前在深圳还说不通，写来了《“文化深圳”还是“物化深圳”》一文，我们已在第14期《文化广场周刊》登出。郭先生能直抒胸臆，自出己意，我们是很欢迎的。不过听说，这篇文章登出后，朋友们有的有意见，有的很恼火。我倒觉得有意见是好事，可以“疑义相与析”；恼火则大可不必。既要细细商量培养，就要允许有不同的声音，不然还商量什么？真的就认准了那句“爱你没商量”？

人们常说的“文化气氛”，实际上就是一种大家能交流、肯商量、很宽容的气氛。大家肯商量，一些“活”的命题就能活着。能活着的东西未必都有强盛的生命力，但真正有生命力的东西肯定就能活下去。

《读者说文化》一栏刊出数期，承蒙许多朋友认为“还不错”，我们也就继续向各位发出邀请：多给我们写几篇“新语”寄来吧。文字可长可短，所论可轻可重，所思可近可远，只要胸中有“心雨”，说的是“新语”。

屈大均《广东新语·自序》中说：“夫道无小大，大而天下，小而一乡一国。有不语，语则无小不大。”谢谢屈先生这番话。时隔三百年，我们仍能听见这位广东先贤的声音，可见历史的进程，也并非总是难以预料，该活着的东西总会活着。

1995 年 12 月 17 日《深圳商报》

第三版《文化广场周刊》第 16 期

# 一路平安

新年说到就到，春节，照例在元旦之后不远的地方急不可待地迎候我们。平日还算平静的心情，遇上这样的日子，不免会“行动”起来，要么怀旧，要么求新，怀旧自然是回顾过去，求新就免不了展望未来。

不仅心动，人的身体也会动起来，比如旅游。前几天就听说元旦期间想乘飞机出去已很不容易了，各条旅游线路的航班均已人挤票空。人们选择旅游作为辞旧迎新的方式大有道理，不过我们却往往忽略了旅游中怀旧与求新的差异。其实，旅游本身也可做“怀旧”与“求新”之分的。保罗·法瑟尔在他的那本《两次大战期间英国文人国外游踪杂考》中，曾把出门旅游的人分成三类：第一类是探险家，他们专注于勘探没被发现的地方；第二类是旅客，他们要看的是历代智者发掘出来的地方；第三类是游客，他们只顾找企业家开发出来的地方，一切行踪都照传播媒介宣传的安排。以新旧而论，第一类人旨在求新，第二类人重在怀旧，第三类人呢，似乎又是在求新，只是这一种“新”却是“旅游工业”用层出不穷的新招“造”出来的。

对旅游者做这样的区分，本意不在褒贬，而在于以一种文化目光去分析。明白这一点其实很有用，起码旅游行业可以对症下药，想办法让人既有旧可怀，又有新可求。这些大概都属于旅游文化研究的范围。

旅游文化本身也是既旧且新。过去讲究“行万里路，读万卷书”，这样的游历当然很有文化韵味；如今不仅有专业人员设计线路，亮出“文化旅游”的旗号，旅游文化本身也成了一门“学以致用”的学问，这算是新时代的新气象。不过，在关注“旅游文化”“无烟工业”等概念的同时，我们不能忽视另一批人，他们的“文化旅游”用另一个词来表述更为合适，这就是“文化苦旅”。

写《文化苦旅》的余秋雨自然算是这一队人马中走得比较起劲的人，另外还有几位跻身其中，比如，我们所熟悉的作家张承志，和我们还不大熟悉但在海外华文界早有文名的梁锡华。《瞄描加拿大》是梁锡华文化记游的新作，张承志已出版的四卷本文学作品选集中更充满了苦旅中思想、情感的记录。张承志似乎更倾心于古老的旅行方式：“不用汽车，不仗着混凝土高速公路。在我广袤深沉的领土上，我的双脚踩着真正的泥巴。我穿行在寒伧的村庄之间，结识着时饥时饱的人们……”有论者比较了张承志的《心灵史》与余秋雨的《文化苦旅》后发现，二者有“耐人寻味的相通之处”——两部作品都是苦旅的产物，也都是作者寻找的产物。

如此可以从旅行者再分出一种人来，我们可以称之为“苦旅者”，他们以苦旅的方式寻找。苦旅是怀旧，寻找是求新，怀文化之旧，求文化之新。

旅游观光本是要游乐、休闲，所以选择苦旅方式游历的人格外令人敬佩。他们往往游而不乐，休而不闲，但也正是他们不断写出令人荡气回肠的文字，使得嘈杂的文坛上有高昂又低沉的声音存在。喜欢文化苦旅的人似乎并不多，但张承志相信，“总会有人上路，哪怕彼此听不见足音，哪怕每一个都以为自己孤单一身”。

苦旅不是非要把旅行变得艰苦，关键是一种心情，一种寻找的心情。有了这种心情旅途就不会太轻松，所以就会“自找苦吃”。如何凝聚而不是稀释这种心情恐怕是当今旅游文化研究应该关注的焦点。当然，研究如何提高门票收入也很重要。

好了，不再说“苦旅”，公历新年、旧年新年依次驾临之际，我们送给所有出门旅行的朋友一句话：

一路平安！

1995 年 12 月 24 日《深圳商报》

第三版《文化广场周刊》第 17 期

# 写在1995年边上

一个世纪，仿佛是一本100页的书。今天我们读到了这第95页的最后一行，等新年的钟声一响，这一页就头也不回地翻过去了；而第96页，像受过专门训练的约会高手，肯定分秒不差地出现在我们面前——盼着它迟到都不行：时光大道上似乎从来没有塞车的时候。

如此，今天，我们的手算是按在了1995年的边上，这边不宽也不长，但尚能容下几个字，须抓紧写才行。

用不了多一会儿，这“边”可就成了英国诗人柯勒律治诗中的“裙边”，“只见那旧的一年裙裾一闪，便弃我而去”。真快得气人！

年边上写字，首先写一句：“祝各位新年快乐。”话虽是老话，但有几句老话，比如“我爱你”之类，倒也是常说常新；况且，我们还真的有新意。这新意又得用老话表达，就是“来而不往，非礼也”：我们祝各位新年快乐，各位不能仅仅笑纳了就完事，还要像1995年一样，新的一年中，继续关心、支持、帮助我们办好《文化广场周刊》。

《文化广场周刊》创办4个月间，我们得自各方的帮助、鼓励说不胜说，唯有感念在心，化帮助为力量。1996年，“凝聚文化目光，表达文化关怀”依然是我们的宗旨；“其实，文化更需要关怀”依然是我们要强调的立场；“共同的园地，不同的声音”依然是我们坚持的态度。除此三个“依然”外，凡是18期周刊中已暴露出来的大家都有点不以为然的缺陷，我们当欣然从善，勉力改进，以图广场的面积更大，容纳的人更多，环境更优美，声音更清晰，景象更繁富。大家且看我们的明年。

今天说“明年”，和说“明天”竟然是一个意思，可见情况有多急迫。九五萧萧下，九六滚滚来，明年的脚步声想必各位都已听得见。虽然“添得一番甲子，增得一番感慨”，但明朝文人卫泳觉得元旦大有可取之处，“淑气临门，和风拂面，东郊农事，举趾有期。江梅堤柳，装点春工，晴雪条风，消融腊气，山居之士，负暄而坐，顿觉化日舒长，为人生一快耳”。元旦也会给我们“文化广场”带来此一番迷人景象吧。果如此，真“人生一快耳！”

钟声就要响起，我们愿借英国诗人柯顿之口，为各位朋友献上几句新年赞歌：

听，金鸡高唱，那灿烂的星辰，
向我们宣告：黎明就要来临……
为了欢迎这新来的一年，
且把这杯中酒斟得满满……

祝大家振奋精神把今年过完，

到明年，元旦的曙光再露笑颜。

1995 年 12 月 31 日《深圳商报》

第三版《文化广场周刊》第 18 期

# 第二辑

## 写于1996

# 梦中的桥下并非总有银子

不久前收到杭州李庆西先生寄赠的其新著《禅外禅》，很是欣喜，自视为“忙中一乐”，可列入金圣叹“岂不快哉”之列。只可惜乐完又忙，无暇细读。今夜写“编读札记”，苦于题旨、词句满天乱飞，一时“捉它不着”，便取过《禅外禅》来读。好在庆西先生此书是从前人笔记中选出些“自有穷理之妙处”的短小篇目，略加译述，辅之点评，配以图画，读起来颇能放松身心。但消遣之余，尤其碰到别有会心处，轻松也会得之即失，再求不得，仿佛进酒店吃饭，原本是为休闲而去，却往往会因饭菜、茶酒、服务或席间的话题而生起气来。

比如书中有三则涉及读书人的故事，单赏或可哈哈一乐，合观则觉意味深长。第一则故事讲宋朝诗人"汉书下酒"的事：说苏舜钦豪放好饮，读书必以酒为伴，每夜须饮酒一斗。某夜读《汉书·张良传》，每读至可惊可叹可惜可赞处，必痛饮一杯。他的做大官的岳父看见后笑曰："有这等下酒之物，一斗酒但怕不够。"

第二则故事名为"书生贩书"：谓明朝时，某书生甲忽动了"下海"之念，于是变卖家中薄业做本钱，驮运书籍往京城贩售。途中遇书生乙。乙取书翻阅，爱不释手，恨无钱购买，说自己家中有一堆旧铜器，可卖钱买书。甲因有古董雅癖，大喜，说，不必去卖钱，折价与我换书就是了。结果乙得书籍，甲得铜器，皆大欢喜，唯甲妻大怒："你换得他这个，几时能作饭吃？"

第三则故事说清朝事：有一书生，有心赶考，无钱上路，夜做一梦。梦里遇仙人告知，"市街桥下有白银二十两，五更时分可前往觅取"。书生窃喜，依言行事，却一无所获。后又屡做此梦，无一应验。一银匠得知此事，想捉弄书生。某夜书生又起五更赶到桥下，果然找见二十两银子。银匠一见，连连顿足：“我真是昏头了！本想把铅锡铜熔成银锭模样，要弄你一下，不料阴错阳差，把自己箧中的真银子拿去化了。”悔叹不已。

孤立地看这三个书生，联系起来看这三件事，顿时有“一代不如一代”之叹。“宋朝书生”以书下酒，雅兴豪兴俱佳，亏得老丈人有钱，一斗不够，可再添一斗，书还能读得下去。“明朝书生”的书就读不下去了，转为经商，可惜本性难移，赚了一堆旧铜器回来，惹得老婆斥骂。也难怪，饭都没得吃了，古董又有何用？“清朝书生”更差了，既无岳丈供酒，也无薄业变卖，所剩只有美梦。那时的商人不及现在的精明，才有“捉鸡不成”的事，否则，梦中仙子说的话也算不得数的。

联想起近来时常听到“读书人要耐得住寂寞、守得住清贫”之类的话。如果这是读书人的自我选择，那很值得敬佩；如果是读书人之间的相互鼓励，那多半是以无奈为安慰，意思接近于“未能免俗，聊复尔耳”；如果是不读书而富起来的人这样要求读书人，那就应了“站着说话不腰疼”的老话；如果这种清浊浑然一体的观点竟是“风气”在推波助澜，那就只能证明多数人的目光投错了方向：可能把落日当成朝阳了！

贫困、孤独、逆境，确实造就过一些思想家，但它们扼杀了多少思想家又有谁说得清呢？读书人致富自然很不容易，但脱贫总应该大加鼓励。

前几天深圳一家公司的老总来访，附赠他的一本刚刚出版似乎还冒着热气的新著。老总是大学毕业后一边商海搏杀一边学海漫游的老总，新著却不是那种自费将本来既无价值又没人看的文章集合成书一样的队列以供评职称时检阅一番的“杂牌军”。这使人感叹当代的读书人真幸运得很，他们有很多的路可以走，有各种角色可以选择。选择起来自然要费些脑筋：“宋朝书生”的路虽然诱人，但不是一般人能碰得上的；“明朝书生”的路当然可以走，但不能走得太笨拙，先赚到钱填饱肚子再来照顾古董雅癖不迟；“清朝书生”的路也不是走不得，但不一定非要赶考，白天饱读万卷，自成世界，晚上悄入梦乡，与仙子同游仙境，也符合存在主义哲学家雅斯贝尔斯提出的“精神世界的自我独立生存”的目标。不过要小心，仙子送银子的话经常信不得，老是起个大早赶到桥下终究不是个办法：梦中的桥下哪里总会有银子？

1996年1月7日《深圳商报》
第三版《文化广场周刊》第19期

# 无端有感

雄前兄在《一个画家和他的文化命运》中说，他第一次拜访李世南时，无端地想起苏东坡《书李世南所画秋景》诗句："扁舟一棹归何处？家在江南黄叶村。"由此李世南而彼李世南，由莲花二村想到黄叶村，倒也不算太无端。前不久同雄前兄一道拜访李世南时，我也想起过一位画家，那便是"扬州八怪"之一的黄慎。姓氏既不同，"深圳"与"扬州"又无同音同字，真的是"无端"了，但是"有感"。

黄慎本是福建人，幼年丧父，家境贫寒，为求生计，学作画工。他学的是给人画肖像，因那时绝无“照相馆”“影楼”之类，所以画别人容貌，尚可养自己家人。但黄慎画着画着，觉得没什么趣味了，“志士当自立以成名，岂可居人后哉！”某日偶见唐代书法家怀素的草书真迹，惊异不止；走在街上，忽有所领悟，即刻借纸笔作画，画成拍案大笑说：“吾得之矣！”说完“吾得之矣”，黄慎就不再循规蹈距地画“写真”了，他要读书，要创作。不出几年，黄慎诗画之名显赫乡里。

画家似乎注定是最喜欢漂泊浪游的一群人。李世南是先西安，后武汉，现在深圳，一路南下；黄慎则是先西后北，最后到了扬州。他们都选择了当时商业最繁盛的城市，也都曾面临过同样的困惑。雄前兄说，李世南到深圳后“发现自己成了一头彻彻底底的困兽”，在他眼中，“这个城市的氛围完全是陌生的，这个城市的语言完全是陌生的，这个城市判断人的价值观也完全是陌生的”。《扬州八怪传》的作者也说，黄慎到扬州后，发现自己的画风“与扬州当时商品经济发达，思想较解放，审美趣味追求新颖洒脱、不拘一格的情况很不合拍”。于是，黄慎“闭户三年，变楷为行，变工为写，又三年，变书为大草，变人物为泼墨大写”。于是，李世南“开始疯狂地作画，画面上渺小如蝼蚁般的生命在孑然独行”。大病一场后，画风又变，“艺术家再次显示出狂烈的生命张力”。黄慎几番变化之后，在扬州赢得了盛誉，“造门者不绝”；但是，“在传统文明与现代文明的夹缝当中，李世南真正成了荷戟独彷徨的小卒”。扬州的黄慎如鱼得水，交游甚广，郑板桥邀他参加酒会，与会者九人皆一时名家，显示出活跃而和谐的文化气氛；而深圳的李世南却觉得很尴尬，很寂寞，很孤独，那种“能够互相照亮和激发、互相帮助面对陌生的圈子却怎么也找不到了”。

时代易帜，人各一面。简单地将相隔二百五十年的画家比来比去，确是有些“无端”；况且，黄慎在扬州先后生活了十八年，李世南来深圳不过才五年，说什么还都太早。用雄前兄的话，就是“作为一个在传统文化氛围中浸淫数十年的现代知识分子，要想建立一种完全熔铸现代观念和时代精神的艺术语言，无疑和这座城市（深圳）的文化共建历程一样，有很长的路要走”。但既然是文化人要和城市共同走这段路，那这二者之间的“文化整合”就显得格外的重要。艺术家要学会接受深圳，深圳也要学会培养艺术家。

写到这里，又无端地想起一件事：我曾看过几场深圳举办的大型晚会，常见有人跑到舞台上向演员献花，这很好。过去是喝彩加掌声，现在是掌声加鲜花，又传统又现代。但献花的人往往掌握不住时机和对象，或者一个节目未完，便跑上台去：半路上杀出一个散花的天女，没道理；或者演员已往台下去，献花者在后面追，追上了算幸运，但常有追不上的时候，献出的都是“迟来的爱”；或者献花者特别看重自己的好恶，喜欢的演员，多献几回；不喜欢的，不管你名家不名家，更不管观众如何反应，免送；或者人人必献，场场必献，不管水平高低，一律“待遇平等”，献花成了例行手续，仿佛演一个节目就得填一张表格……真的，即使是献花这种看起来不大的事，也需要时间才能学会；糊里糊涂地献花，就难免有“献丑”的时候。

城市要学会培养艺术家，鲜花要在适当的时候献给适当的人；艺术家也要学会在深圳生存，懂得如何在深圳大舞台上演出。万一没人献花，自然有些寂寞，但怀里不抱着一大堆鲜花就演不好文化大戏了吗？未必！

1996年1月11日《深圳商报》

第七版《文化广场周刊》第20期

# 路

一口气读完太平天国史专家罗尔纲先生的《师门五年记》，不胜感慨。那样的老师，那样的学生，那样的师生之谊，今日已难得一见矣！就是这本三万多字的小书，初版后五十年间，荣辱沉浮，多少物是人非，又岂止几句话可以道明？不说也罢！

读至“史学研究会与北京大学考古室”一节，竟引发了一些别的想法，尚可一说。罗尔纲先生记他重入师门两个月，“正是北平牡丹花盛开的季节”，几个青年人组织了一个研究史学的团体，叫作史学研究会，发起人是吴晗等，罗尔纲也加入了。罗尔纲回忆说，这个研究会是研究与友谊的结合，“我们的宗旨只是站在友谊的立场交换各人研究的心得，以尽对建设中国新史学的一点绵力。每个月我们聚餐一次，谈谈各人研究的情形，春秋佳日，我们又常常约定日期去郊游……自离开北平后，会友星散，而今这个会是散了，每想当年北平的友情好似梦境，怎不教人惆怅啊！”

因为战火骤起，这个“研究与友谊”结合的团体便解体了，罗尔纲先生视之如梦境，惆怅得合情合理。不过，如果未燃战火，这个团体是否能一梦几十年，持续到今天呢？恐怕也未必！且不说人与人的交际会因时因地而面貌不同，朋友会常常更新；就是同一个人，前十年与后十年也极有可能志趣大变，“昨日之我非今日之我”之类的话，用在任何一个人身上也都合适的罢。所以，世上没有不散的宴席，也没有不散的文化圈子。我们感叹朋友的星散，只仿佛是在重温梦境；而梦，却是只宜重温，难以重圆的。

由此想到深圳画家李世南的惆怅。《一个画家和他的文化命运》于上期《文化广场周刊》发表后，反响颇多。同是深圳画家的一位先生打电话来，说他对李世南因失去西安、武汉的“小圈子”而惆怅一事有自己的看法。他认为，李世南是一位不断超越自己的画家。一旦超越了自己曾有的“道”与“志”，也就意味着超越了当初志同道合的小圈子；此时再游于小圈子之中，如鱼得水的感觉可能就找不到了。选择超越，同时也就选择了一种孤独的文化命运，这种命运只能面对，无法回避。

这里大概也存在着一个“悖论”（正如今天《读者说文化》一栏钟海帆先生讲深圳文化存在着一种“悖论”一样）：文化人需要自己的因“研究与友谊的结合”而形成的小圈子，置身其间，收获相互激发之功效，享受相互关怀之温暖，真是再好不过；同时，小圈子既不能持久，追求超越的人也不会永远驻足在同一个小圈子之中，因为那可能意味着艺术、学问也一同“驻足”了。如此，真正的文化人便需要两种功夫：其一，因渴望交流与对话而能不断找到新的圈子；其二，因为自我不断超越而能学会直面孤独。友朋往来，情如春阳煦煦，其性为“柔”；自我超越，势如春雷阵阵，其性为“刚”。无刚则势弱，无柔则情枯；那么，刚柔相济好不好？

当然，能“相济”，便最好。不过，“相济”却常常是可遇不可求的。文化人有足够的理由存“兼得”之心，但不可抱太多的“两全”之望。天缘凑巧，风云际会，已是幸事。好梦不再，但常有旧梦可重温，也不坏。如果急于组建新圈子，仿旧梦而造新梦，一味地临摹旧作，得到的不过是新的赝品，反而失去了旧作的神韵。

文化人从四面八方云集深圳，免不了会“找不到来时的路”，满目都是陌生的人，这兴许是件好事：你可能已经走在一条新路上。陕北民歌《走西口》中劝人走路要走大路，“大路上那个人儿多，拉呱解忧愁”。但如果不愿走大路，而选一条人迹罕至的新路，靠拉呱解忧愁的机会就少了。一座城市，当要尽力尽快使新路上的人多起来；而追求超越的文化人，也须边走边找朋友边自解忧愁。罗尔纲失去了“站在友谊的立场交换各人研究心得”的小圈子，照样成了誉满中外的太平天国史研究的大家！

1996年1月18日《深圳商报》

第七版《文化广场周刊》第21期

# “文化人”

尘元先生《在语词的密林里》一书中，有“自我贬低”一条，说中国学者写论文，常常要用“初步研究”一类的词表示谦虚，而外国人不明白，觉得你自己都以为“不够成熟”，那何必又拿出来呢？“初步研究”之类岂不是“无形中自我贬低了文章本身的水平”？尘元先生感叹道：好一个“自我贬低”，说得妥帖极了。

确实是“妥帖极了”，只是“老外”的话依然是“水中望月”“雾里看花”般的不通透。种种不必要的谦虚，贬低的不仅是“文章本身的水平”，那实在也是作者本人的自我贬低。

以自我贬低的形式表示谦虚，其传统源远流长，最有代表性的是表示自谦的用词。卑鄙下贱、愚蠢呆顽一类的词，多多少少都含贬义，送给谁都不愿接受的，可旧时这些词竟全用来自称，诸如卑职、鄙人、下官、贱妾、愚兄、蠢男、呆弟、顽躯等都是。用贬词以自称，当是自我贬低无疑。自我贬低与谦虚结合，成了自谦。自谦的人绝不肯承认自己真的是卑鄙下贱，自贬不过是虚称假用；谦虚也就跟着变了味道，虚情假意罢了，千万不能当真。

这种自我贬低的传统至今未曾断绝。别的证据不好抓，手到擒来的是“文化人”一词的变异。说“变异”，也就是渐含贬义，证据是许多文化人不屑称自己是“文化人”，或者自嘲的时候才用这个词，嘲弄别人时也用。

文化人抛弃“文化人”名号，其中必有酸甜苦辣诸般滋味，不能全怪到文化人身上。陈寅恪《元白诗笺证稿》中有段议论，可资理解这一情状：“纵览史乘，凡士大夫阶级之转移升降，往往与道德标准及社会风习之变迁有关。当其新旧蜕嬗之间际，常呈一纷纭综错之情态，即新道德标准与旧道德标准，新社会风习与旧社会风习并存杂用，各是其是，而互非其非也。”就在这是是非非中，文化人入世而不遂，出世而不愿，下到海中厌其喧哗惊险，站在岸上又觉清冷寂寞，于是看轻了文化人的使命，也就看淡了“文化人”的名号。

跟“文化人”一词同样落魄的还有“作家”。前些时候进京，与同学聚会，其中一人说：“你现在不得了，都成了专栏作家了。”我诚惶诚恐，连连否认。众人大笑，另一人道：“说你是作家，你以为是夸你呢？现在‘作家’是骂人的话。”从小的愿望是当作家，现在还没当成，“作家”怎么就成了骂人的话？

“文化人”“作家”“读书人”等语词的行情大跌，尽管不能全怪到文化人身上，但也总与文化人的自贬有关系。昌龙兄有次对我说，现在的某些谈文化的文章，虽是直抒胸臆，文胆可佳，但有时非写上“自己不是文化人”，这纯属搔首弄姿。文化人要敢于承认自己是文化人，用不着遮遮掩掩。“搔首弄姿”之说，言之太苛，也不尽达意；那些作者不过是以谦虚形式表现自我贬低罢了。但昌龙兄的“文化人要敢于承认自己是文化人”这句话则真说得掷地有声，可转赠给羞于承认自己是“文化人”的文化人。

董桥文中讲过一则故事：梁启超向清华校长曹云祥推荐陈寅恪，曹问：“陈是哪一国博士？”梁答：“他不是博士，也不是硕士。”曹又问：“他有没有著作？”梁答：“也没有著作。”曹说：“既不是博士，又没有著作，这就难了！”梁大怒，说：“我梁某也没有博士学位，著作算是等身了，但总共还不如陈先生寥寥数百字有价值！”梁启超真正懂得文化人的价值，他的谦虚才是真正的自谦。

1996年1月25日《深圳商报》

第七版《文化广场周刊》第22期

# 如果真是这样

作《幽梦影》的张潮说，“文章是案头之山水，山水是地上之文章”；又说，“善读书者，无之而非书。山水亦书也，棋酒亦书也，花月亦书也”。如果真是这样，那我们和居住地的关系，就和人与书的关系有点像：作为出生地的故乡本不是我们能自愿选择的，故乡就仿佛是学校里的必修课，课堂上的必读书，想不想读都得读；出得校门，我们可能会离开故乡，去某一个地方学习谋生的本领，这个地方就好像是一本很实用的工具书，本来也不一定想读，但读了有用处，也就正儿八经地读了；有了生存本领，想闯荡世界了，这时候，我们才进入了自由选择书读的境界，喜欢什么地方，便直奔而去，仿佛喜欢一本什么书，便把它带回家。

过去讲“三里不同风，五里不同俗”，那是印象派的点评；现在讲“地域文化”“城市特色”，有点近似于分析派的研究。如果真是这样，一个城市与另一个城市就是内容、文体都不尽相同的书：文化古城该是新整理的古籍，现代名城则是当代人的新创作了。或者说，有的城市像散文，街道很随意，建筑很亲切，气氛很从容；有的城市像政论，很激情，很气派，很犀利；有的城市像诗，虽然不大，但很凝练，引起人们无限遐想；有的城市则像小说，故事生动，关系复杂，充满悬念。

如果真是这样，深圳算是一本什么书呢？应该像是新派武侠，书分十五卷，章章都是传奇，节奏很紧张。又可以说是编译的小说：译，是因为居“窗口”地位，很多东西需要从外面“拿来”；编，是因为不是直译，字里行间融汇了自己的理解与创造。也许还和文摘萃编一类的书相像：把各地的好东西都"摘"了来，按自己的体系编在一起，成了书。

从这个角度去理解文化人与城市的对应关系，许多事就容易看得很开。有的人喜欢读小说，乐意深更半夜一个人捧着本厚厚的书啪嗒啪嗒掉泪，或者乐得从床上滚下来，仿佛自己成了志得意满的主人公，那就该选择像小说一样的城市去生活，你肯定会创造出一些新情节，使小说内容更扎实，或者更扎眼；如果喜欢读诗的人竟然去了政论风格很浓的城市，就有可能会觉得孤单、落寞，这时候你埋怨别人不懂诗是不合情理的，因为政论文不是诗，即使文中引用几句诗，那也是点缀文采，删掉之后于主题的表达也无妨。文化人能否在一个城市如鱼得水，根本上是阅读兴趣与书籍内容两方面的事情。王韬1862年刚到香港时，认为这个地方"人民椎鲁，语言侏俪，乍至几不可耐"，于是不喜欢。后来读的时间长了，发现这本书还读得下去，于是安居下来，还编著了十五卷的《普法战纪》。再后来，觉得还是上海这本书更适合他，于是，条件一旦许可了，便回上海终老。不能说当时的上海与香港哪本书更可读，王韬只是根据阅读兴趣选择罢了。选择自己愿意读的书，是人一生中为数不多的可自我把握的事情之一。

如果真是这样，那么从四面八方云集到深圳来的文化人，其实是在同读同著一本书。这本书的内容有的人读得津津有味，有的人就可能读不下去。无法说谁对谁不对；尤其不能书还没读几页就忙着写书评；或者看见别人写的书评就真以为自己也读过了这本书；或者发现别人的读后心得与自己不一样就怒火中烧，非认定人家读歪了不可——不一定是这样。

不一定是这样。如果真的不一定是这样，那我们就容易理解那些居住在深圳但觉得有些孤单的文化人，还有那些先来深圳后又离开深圳的文化人。觉得有些孤单，没什么可奇怪的；合上这本书，转而去读另一本，也正常。

陆续收到北京来的两篇稿，作者都是从深圳“出走”的文化人。不论直接间接，他们的文章中都透出对深圳文化的关怀。他们在读北京时还忘不了重温一下深圳的内容。一个文化人一旦读懂了深圳，不管他是否弃此书而他求，终归是忘不了深圳的某章某节某段某句的。

《文化广场周刊》已经发表或即将发表的有关深圳文化的文章，不过是诸位作者读深圳的一得之见。这本书有各种不同的读法，但这本书是我们共同的园地。如果真是这样，共同的园地就一定会有不同的声音的——真的是这样。

1996 年 2 月 1 日《深圳商报》
第七版《文化广场周刊》第 23 期

# “这个样子”

《文化广场周刊》办到第5期时，因一本书的启发，我对扬州大感兴趣，当期的“编读札记”便起名为“半夜三更下扬州”。文中曾提到，我约了一位北京的朋友写写扬州文化，最好能和深圳联系起来写。这位朋友在深圳工作过一段时间，又去过几次扬州，且文笔、学术修养皆足以胜任，写这样的稿子应该没问题。所以我在那篇札记的末尾写道：“再等十天半月，北京朋友的那篇写扬州文化的稿子就该到了吧。”

不料一等就是四个月。中间曾寄赠那位朋友一本《扬州八怪传》，还戏拟一联语写在扉页上："挥泪送书去，翘首待稿来。"前几天，朋友的稿子来了。他在附信中说："终于写出了这篇稿，真是不易，比当年给《中国社会科学》杂志写东西都难。思路推翻了几次，题目也改换了几个，才弄成这个样子……"怪不得稿子姗姗来迟，也真得感谢朋友这番精益求精的功夫。

朋友的稿子就是各位眼前的这篇《扬州昨夜，深圳今宵》了。冠生兄虽用"这个样子"表示对稿子还不太满意，我倒觉得"这个样子"已经很中看。大家不妨读读。

前读陈从周文选《书边人语》，发现从周先生1986年就已把扬州和香港的文化联系在一起论述过，可见把深圳和扬州比较一下并非没道理。现在是开放的时代，关起门来谈论一己一地之文化当然行不通；时时回望一下历史，想想从前的时光，看看外面的世界，当能更准确地发现自己的角色与位置。从周先生提出问题：清代乾隆年间，扬州是全国财富突出的地方，这个地方出了扬州八怪之流与扬州园林。如今香港也算得经济繁荣了，但为什么文化追赶不上前人呢？为什么没有“香港八怪”？他还说，“本来像香港这种地方，东西文化交流频繁，能够产生新的文化，可是如今只交流而自身尚姗姗来迟”。从周先生的结论是：“流芳百世”与“红极一时”本来是相对的，精神文明要影响物质文明，没有高度文化，产生不了高度的物质与经济；城市的繁荣脱离不了文化的繁荣，充裕的经济条件可以培养出很多人才。看来他对香港“能产生出新的文化”也并未失去信心。

真是幸运，这个并不深奥的道理深圳许多人已认识到了，料想深圳文化的“自身”来得不会太迟。说来也巧，罗江南先生又送来一篇文化访谈录，其中有些观点也出自深圳与扬州的比较。比如被访者提问说：“深圳人是不是可以学学清代的扬州盐商？假如深圳人能加大对学术和教育的投入，容纳一批收入足可养廉的学者，善待那些‘不切实际’的‘精深远大之思’，让重视知识成为市民的普遍意识，那么，深圳的文化传统就会深厚起来……”虽是提问，又有“假如”，但话中也透出了对深圳文化的信心与希望。

稿子来得迟，是因为作者精雕细琢，那我们宁愿多等些时候；文化的“自身”就不一样了，不能来得太迟，因为“精神文明要影响物质文明，没有高度文化，产生不了高度的物质与经济”。这文化的“自身”也是一篇大文章，写起来“真是不易”：思路也许要推翻几次，题目也可能会改换几个。不过，未来会成个什么样子虽然还很难说，但现在的“这个样子”倒也已经很中看了。再多几次“挥泪”与“翘首”，尤其再多些“投入”，多些“容纳”，多些“善待”，多些“重视”，那么，“这个样子”只会更“姗姗”，不大可能“来迟”。

1996 年 2 月 8 日《深圳商报》

第七版《文化广场周刊》第 24 期

# 有一种思维是绿色的

猛一抬头，发现书桌上那盆叫作什么榕的盆栽和春节前不一样了。枝头添了几片叶芽，很娇嫩地绿着；原来的叶子也还在，也还是绿色，绿得很沉稳：春天果然已经来了。突然想去看看窗外的草地，看看是否很清新、很苍翠、很浓密。有个传统笑话：一个美国人不明白英国的草地为什么如此清新、苍翠，长得又如此浓密，他向一位英国园丁征求答案，园丁说：“播下最好的种子，适当地浇水，然后每天修剪它，这样进行上五百年。”

这肯定是美国人编的笑话，因为美国人最喜欢以美国式的幽默讥讽英国人的性格。我一直想不出这个笑话有什么好笑的，倒是觉得英国园丁的话大有深意。园丁的思维是不愠不火的，是宽容忍耐的，是极有分寸的。有这种思维的人该既懂得爱，又懂得等待；既善于细心呵护，又明晓顺其自然；也担忧，但忧得适度，也乐观，但乐得节制；一忙起来，便是“为伊消得人憔悴”，闲时，“水流心不竞，云在意俱迟”……

思维应该是有颜色的。如果思维真的有颜色，那么园丁的思维该是绿色的罢。人说深圳是“文化沙漠”，深圳的文化人不乐意，纷纷出来说话。我想这些人的思维也应该是绿色的：有绿色的思维，眼中才有绿色，才不容忍没有绿色。《读者说文化》一栏自创始一来，稿子长长短短发了几十篇，未及发出的就更多了。读这些朋友的稿子，只见满纸的绿色，让人觉得即使仅有这一页一页的绿，深圳也不会是“文化沙漠”，更何况稿子之外的绿洲还多着呢？

既然是共同的园地，既然需要不同的声音，便正需要绿色思维。红色思维很热烈，很火爆，但往往专横，间有血腥味、火药味；灰色思维太悲观，太沉闷，让人提不起精神，看不见出路；蓝色思维欣赏孤独，崇拜空灵，但终究虚得很，也不容易做得很纯粹，还时常泄出无奈与无能的气味来；黑色思维有点吓人；黄色思维有点矫情；白色思维倒是很干净，只是那种干净天堂才会有……幸好有一种思维是绿色的：宽容，温暖，充满活力，不骄不躁，安静沉稳，给人希望……编完本期的这几篇《读者说文化》的稿子，久觅未得的《文化广场周刊》基本色调算是找到了。

对，是绿色。

绿叶，红花，金色果实，这称得上是文化建设三步曲。绿叶是过程，是生长，是细细商量培养，是梦幻的温床，理想的土壤；红花是认同，是共识，是共赏；金果便是结论了：成果，成功，成气。眼下的深圳还年轻，文化也是喷闪着青春色彩的青春文化。那么，正需要绿色。

绿色思维实际上意味着一种宽宏大度、从容不迫的文化精神。培养一片清新、苍翠、浓密的草地当然不需要五百年，但三五年恐怕也不行，因它需要整个生态环境的谐调。沙漠中有块绿洲自然好。但沙漠如果不整体绿化，绿洲迟早也会沙化。也许有朋友会说，你们广场上人来人往，说来说去，到底说了些什么？结论呢？是啊，结论，它藏到哪里去了？藏在绿草地里，藏在说的过程中。眼下其实是“说”比说“什么”更重要。“说”就是在选择种子，在浇水，在修剪，在进行“五百年”中的一年又一年。

美国人会笑话英国园丁的草地里没有花，他建议从别人的花圃里剪下一枝插在草地中，园丁说：“那是别人的花，我的草地里会长出花来的，你瞧，那儿不是也有几朵玫瑰吗？”美国人摊了摊手，耸了耸肩。

1996 年 3 月 14 日《深圳商报》

第七版《文化广场周刊》第 28 期

# 经常想想……

## 一

知堂老人自然不是广东人，但他说自己“不知怎的似乎与广东很有缘分”：一月之间连续购得屈大均《广东新语》二十八卷、李调元《南越笔记》十六卷、陈坤《岭南杂事诗抄》八卷。诸书讲的都是广东风土，他又偏偏喜欢这一类的书，此正是“缘”。但正如人们常说的“事出有因”，缘分其实也自有因果。何以碰巧与三部讲广东风土的书有缘？“本来各地都有这些事可讲，却是向来不多见，只有两广是特别，自《南方草木状》《北户录》《岭表录异》以来著述不绝，此处唯闽蜀略可相比，但热闹总是不及了。”这便是“因”。

岭南一带自古以来风物记、闻见录一类书籍的“热闹”，称得上是一个启人深思的文化景观，但关注这一景观的人似乎并不多。今人编纂的《岭南文化》一书对此略有涉及，但远说不上系统，仅“按图索骥”而已，但“说粤书简述”一小节中，却有几句有见地的话。书中说，“岭南在历史上是开发得比较晚的地区，但岭南物产丰富，风俗独异，加上与中原地区交流的需要，历来就有学者热衷于传播介绍”；“明清时代，粤地与海外交往增多，说粤书一时十分盛行……”可见文人学者记述风物，传叙人物，并非闲来无事，端坐于书斋中寻章摘句，哼几段“那是一场风花雪月的事”，而是为了方便粤地与海内外交流，类似于现在的“投资环境介绍”。岭南文化的实用传统于此可见一斑。然而风土人情一类的书又绝不是现在的招商引资的广告，写起来也不是仅凭“创意”，而要靠功底：传统文化的修养、实地踏勘的功夫、辨伪订误的功力及关注现实与未来的信念。一句话，靠一种文化自觉。近来不断有学者讥讽岭南文化的注重实际，却没有区分开务实的两种姿态：埋头与昂首。埋头的现实关怀虽常常限于一己之私，昂首的现实关怀就不一样了，它建立在一种文化自觉之上，穿行在历史、现实、未来的隧道之中。此一种“务实方式”大可引起人们注意。

## 二

几个文化人并不能代表某一区域的文化形态与文化心理，但出色的文化人常常具有一种人格上的象征意义，使得后人在考虑自己立身处世的方式时，多了一个一抬头就能看见的参照，起码可以借机经常想想。余秋雨写《上海人》一文时，把明代进士徐光启拉来做了象征，说“今天上海人的某种素质，可在徐光启身上找到一些踪影”。徐光启既通儒学，考中进士做了大官，又结交传教士，接受了洗礼，与利玛窦一起译出了一大套《几何原本》。“开通，好学，随和，机灵，传统文化也学得会，社会现实也周旋得开，却把心灵的门户向着世界文明洞开，敢将不久前还十分陌生的新知识吸纳进来，并自然而然地汇入人生。”这大概是余秋雨心目中较为健全的文化人格了，正如有人指出的，余秋雨的文化人格设计包含三个层面：文化承传能力、现实生存素质与未来宏观视野。

## 三

雄前兄为《文化广场周刊》写《文化深圳寻访录》，其实也在寻找深圳人应具备的文化人格，他先是借画家李世南发“文化命运”之忧思，继而借年轻人胡建国说“青春文化”之构想，现在，他把“村寨守夜人”曹晓宁找了来，谈一个“对所有文化人都富有启迪意义的命题”。曹晓宁编导过舞蹈《故乡三部曲》，反映蒙古族穿透历史脚踏现实面向未来的历程，这该也是他文化人格形成的标志。到深圳后，“曹晓宁从一个纯粹的舞蹈家蜕变成一位文化策划者，他从来不认为这意味着文化人格的萎缩和原创力的削弱……如果深圳的文化人换一换思路……”是的，有时候思路应该换一换。换的时候，可以想想曹晓宁的成功，想想民俗村“令人热血沸腾灵魂飞升”的百艺盛会，但也不妨想得更多些，比如想想岭南文化史中具有文化自觉的文人学者，想想那位“第一个严格意义上的上海人”徐光启，想想余秋雨关于现代文化人格的设计，想想自己从哪里来，到哪里去……

“如果深圳的文化人换一换思路，不再那么计较艺术本身的纯粹……”艺术本身是否纯粹还是应该计较的，但现实明摆在这儿，不能不面对。昂首面对也许不是唯一的姿势，但一味地俯首埋头终归是不行。“传统文化也学得会，社会现实也周旋得开，却把心灵的门户向着世界文明洞开”，说好说，做起来大不易，但经常想想总没坏处。

1996 年 3 月 21 日《深圳商报》

第七版《文化广场周刊》第 29 期

# 你的眼神

## 一

旅居欧洲的女作家龙应台当然只有一双眼睛，但却有两种眼神，一是中国的，一是欧洲的。中国的眼神该是与生俱来，不用花很多功夫去学的，像喝茶，不知怎么就喝上了，既轻易喝得到，又容易喝得惯，也比较容易喝出味来；欧洲的眼神就不一样了，要去学才会有，仿佛喝咖啡的习惯，需要时间去着意培养，一开始也许受不了那苦味，慢慢就适应了，要不要放糖、需不需加奶也能很清醒地选择了。龙应台在西方生活近二十年，有欧洲人的眼神一点儿不奇怪。有个晚上，她在奥地利用德语朗读自己的作品。结束后，她发现一位德国中年妇女朝她走过来，深深地注视她，说："我一直在看您的眼睛，您说话的时候，我总觉得您的眼神那么熟悉，就好像我们欧洲人的眼神……"

欧洲人的眼神？"是的"，龙应台在她那篇《干杯吧，托马斯·曼》中写道："当我坐在讲台上望着他们的眼睛时，我理解他们的眼神……我听得懂他们最微妙的笑语，也探得出他们试图隐藏的厌倦。如果眼神是一种语言，是的，那么我显然在不自觉中就用了欧洲人的眼神在和他们对话。"

然而，龙应台自己心里很清楚："那位德国妇女所理解的，'熟悉'的，其实只是一个译本。她哪里知道原文的我是个什么东西？"

那位德国妇女只有一种眼神，也只熟悉一种眼神。"我们欧洲人的眼神。"她理解讲台上的龙应台，未必理解同朋友们在一起时的龙应台。龙应台用国语和手势同朋友们一块儿发牢骚，龙应台和朋友们告别时既不拥抱，也不握手，只略一转身，挥一挥手，喊一句“明天见”。那位德国妇女是否还觉得很“熟悉”？

## 二

眼是肉，神是灵，眼中有神，称得上灵肉的统一，像人们常说的“真正的爱情”。眼神在传情达意方面也果然神通广大，足以冲破国籍、肤色、民族的限制，所以中国的女孩子遇见“老外”，也常常有一见钟情的事，那时候眼睛只须一闪或者不闪，无须张口结舌；语言不通就用不着嘴来无事生非。但眼神既然是一种语言，这种语言就不可能永远是默默又脉脉。眼神是表情达意的眼神，更是文化的眼神。文化的眼神很难一见钟情，所以要交流。

有两种眼神的人交流起来自然很方便。两种眼神不是简单地分工为自己的眼神看自己，别人的眼神看别人；往往更需要用别人的眼神看自己，用自己的眼神看别人。这样看来看去，许多事情就容易看得更明白，就容易养成辩证、宽容、理解的心态，就不会老是用不容置疑的口气说一些绝对的话。有两种眼神的人不常说“一定”“必须”，而常说“不一定”“不见得”“其实未必”，因此也就喜欢论辩、商讨。只用一种眼神看问题，正如闭上了一只眼，尽管有时颇能一目了然，却常常有视而不见的时候。既视而不见又执于一偏之见，当然会自说自话，做独白式的论断，即使偶尔用“商量”一词，也是习惯使然，脸还是那张“私塾爷打板子的脸子”。

有两种眼神的人碰上只有一种眼神的人，交流便无法完成，交流就成了中途未能顺利转车的游客。这时候，有两种眼神的人只好沉默。张爱玲在美国一待几十年，常年把自己关在公寓里，“繁华似锦的写作就整个枯萎，悲风从十万八千里的深处向她吹来，她显然不得不以沉默回答”。张爱玲曾把《爱默森文选》译成漂亮的中文，她的上海眼神也该有美国的译本吧，但管理公寓的老太太却没有上海眼神，她根本不知道张爱玲是怎么回事，她只是认为这位不大与人交往的东方老太太好像精神有毛病。张爱玲无法不沉默。韩少功有一次也沉默了，他的《中西各有其“甜”》（见今日八版）表达了一种交流上的困难，“我没法把谈话进行下去”。

这种交流上的“沉默”或许不该叫沉默。龙应台说，该叫失语。“沉默还是自己的选择，失语则纯属迫不得已。”

## 三

我们的特别专栏《广场天涯：文化与交流》中的一组文章谈的都是中西文化交流，上面的种种说法也就针对中西文化交流而言，尽管在其他类型的交流中，这些话也还有些普遍的用处。龙应台的“原文”“译本”之说虽是借喻，却也有几分贴切。钱锺书有几句论翻译的话，说：“文学翻译的最高标准是‘化’。把作品从一国文字转变成另一国文字，既不能因语言习惯的差异而露出生硬牵强的痕迹，又能完全保存原有的风味，那就算得入了‘化境’。”

“两种眼神”一旦入了“化境”，大概又成了“一种眼神”了，“躯壳换了一个，而精神、姿态依然故我”。这样，因为知己知彼，交流起来肯定顺畅得多；这样，也就起到类似翻译在文化交流中的作用。“它是个居间者或联络员，介绍大家去认识外国作品，诱导大家去爱好外国作品，仿佛做媒似的，使国与国之间缔结了‘文学因缘’。”这样的文化因缘，就不仅仅是一见钟情罢。

交流中的沉默、失语都很正常，寻找新的眼神，打磨新的眼光，开拓新的眼界，慢慢地就会有话说，已经不知说什么好，还要“为赋新词强说愁”，没话找话，非发出声音不可，就真的有点犯不上了。有高昂的声音而无健全的眼神，仍然是失语。不不，这么说显得对“失语”一词不太尊重……也罢，我先失语。

1996年3月28日《深圳商报》

第七版《文化广场周刊》第30期

# “泪意”

## 一

“为什么读书”的问题与“为什么结婚”有点像：我们读书，经常是为了升学、就业、调户口、评职称，志向远大的，也许想着要用书搭起一座“黄金屋”，这正如结婚是为了生儿育女，相互照顾起居，锅碗瓢盆地过日子，都有着实际的目的。但是人有灵魂，有精神，有情感，所以这两个问题的答案还不肯仅停留在注重实用、急功近利这一站，它偏偏还向往着更高的境界：读书还为了充实精神，净化灵魂，使生活多点意义与味道，起码是少几分无聊，这也正仿佛说我们结婚是为了浪漫的爱情，让人生多点温馨，少点寂寞。当然，有人读书竟读来了“颜如玉”，或者有了“颜如玉”便新增了读书的兴趣，两个问题互为因果，合二而一，落了个皆大欢喜。这自然好，只是不常见。常见的倒是工作以后忘了读书，结婚以后冷了爱情，或者仅仅为实际利益而读书，单单为传宗接代而结婚。

## 二

一个人的读书习惯会使人看出他的品位高低，一个城市的读书风气也会使人看出城市文化底蕴的深浅。两个多月前，《文化广场周刊》发过一篇《深圳文化忧思录》，文章提到：深圳人读书存在着急功近利倾向，尽管人均购书量多年在全国拿第一，但“购书结构上，实用书籍占主导”。对此，文章的作者表示忧虑。之后《文化广场周刊》又登过一篇《深圳文化解忧录》，文章说深圳人“学以致用”，买或者读实用书籍的人多，这在市场经济的初期阶段，“正是喜事，何来忧思”。可见，深圳应培养什么样的读书风气，大家的看法并不太一致。当然，这也用不着大惊小怪。

今天的《读者说文化》专栏中，又有两位读者提到此事。张文华希望“在这土地上生活的人们，在小康生活之余，多一点时间踏下心来，读一些开心智、净灵魂、健品德的好书”；谢超美也觉得深圳的“文化人”应“挤出多点时间来读书，读一些文雅的书籍，探索和追寻富有真正意义和价值的生活”。

作为“急需”，鼓励人们尤其是那些需要掌握生存本领的人多读点实用型书籍，这是理所当然；但为长久计，就该提倡作为一种生活方式的读书，作为一种生活趣味的读书，或者作为一种休闲、消遣的读书。这一种读书的好处多半是自得其乐的“乐”，就像一对夫妻自己知道双方的爱情是怎么回事一样。急功近利的读书当然不错。但这如果成了一个城市读书风气的主流，就一定不全面。今天张、谢二位读者不约而同地对深圳人提出读书方面的希望，也说明深圳的读书风气也许真的有可忧之处。



## 三

读书作为一种兴趣，一种生活方式，其实是“自古有之”的。先按下“古”不说，即使在“文革”那一段几乎“无书可读”的日子里，也还是有许多人在读。“读书无用论”曾是那时候的“读书风气”，但既“无用”，还要想办法找书读，此可证中国从不缺乏“纯粹的读书人”的种子。今天我们编发两篇深圳读书人回忆昔日读书生活的文章（见“读书人”版），各位不妨读读。栏名叫《那如云如烟的往事》，是因为读这样的文章，直叫人顿觉历历往事从字里行间云烟一般地弥漫开来，曾以为早已淡忘的日子又清晰地浮现在眼前心中。三十岁以上的深圳人大概都曾有过“读书难”的记忆罢。但我们是不主张怀旧的，或者说，怀旧也是为了求新。过去有“忆苦思甜”的说法，读书的甘苦真的应该经常想想。比如我们可以想：没有书读，买不起书读的日子我们好不容易熬过来，现在好书有的是，钱虽然还没“有的是”，但买几本书还足够，怎么可以就不读书了呢？怎么可以光读证券入门、生活顾问、发财秘诀之类，而冷落了唐诗宋词、明清小说、外国经典、史哲名著呢？

## 四

现居美国的作家张错大学时代曾赶上一次“出版的鼎盛期”，他说现在回忆起当时的爱书青年仍是感动，“因为当日我也是其中之一”。他说如今在书店里，“看着拥挤的年轻读者，想起当年的我，眼里盈然涌现一种泪意”。“那时有一个大学青年，心境开朗，无挂无牵，常常独个儿从西站走入重庆南路，探访完一间又一间的书店，手里拿着重重的书，有时转入衡阳路喝一碗冰镇酸梅汤，好像世间之乐无逾于此”。

我们是不是该经常去书店转一转？也许，还该向记忆发一张请柬，把“泪意”邀请到自己闪烁不定的眼光中，让它“盈然涌现”。浮躁的烟尘有时需要“泪意”来清洗。

1996年4月4日《深圳商报》

第七版《文化广场周刊》第31期

# 凌晨零墨

## 一

从深圳去北京的彭希曦前不久寄来一篇《声音的境遇》，写他和一位诗人见面的情景。按照他的说法，在一个“酒足饭饱后的傍晚”，他又一次“身不由己地陷入了空旷的独自静默之中”。就在这时候，来了一个电话，说是诗人来了。他们见了面，畅谈三个小时。诗人谈到了一则自己的“北京故事”：

一次，诗人在酒吧朗诵他的最新诗作，敏感的酒精驱使他手舞足蹈，可是他那糟糕透顶的普通话引起了一阵起哄，诗人说，在这种时候，你如果装作什么也没听见，哪怕是半分钟的迟疑，那就是对诗歌精神的亵渎，你唯一该做的只有抓起酒瓶窒息这些庸俗的聒噪。

最后，彭希曦写道：那天深夜，“我从他的嘴里听到了精神的声音”。

因为要组一个关于“声音”的专题，这篇稿子一直在闺中待字。很巧，那位诗人来到了深圳，并参加了我们的一次聚会。他说，他要在深圳待一段时间，感受一些东西。

可是，没过几天，有消息说，他又回北京去了。朋友们谈起来，都觉得很遗憾。

## 二

海鸿又寄来一期他们的杂志。他曾在一篇文章中说，他们那份杂志是办给打工阶层看的，他们的工作，就是要为数百万的打工仔开拓一片自己的文化空间。这期杂志中有海鸿写的一篇记者手记，题为《耸立于人群的该是什么？》。文章开头写道："在商品经济大潮的冲击下，人们慨叹物欲横流、道德沦丧时，我们却看到，美德依然那么坚不可摧地耸立在更多人的灵魂之中。因为，在我们这个人群中，爱心一直亮丽不黯！"

他曾来过一封信，说到《文化广场周刊》，"每到《文化广场周刊》出版的日子，我就走出办公室，步行到一公里外的路口去买一份（办公室未订）；我选择步行，是实践我的虔诚和迫切"。我把这封信读给老束听。我们都很感动。

## 三

用了很长时间，我才知道"知识银行"原来是一家书店。相同的疑惑在路过"黄金屋"（也是一家书店）时也有过。前几天"知识银行"要搞一个"图书展示会"，主其事者古先生邀我去看看。我去了。

但我一直觉得书店叫“银行”“黄金屋”之类有点不对味道。几个小时前还就此写了一段文字，抄在这里：



经济对文化的影响真是越来越大了，这从深圳书店的新名称上也可看得出。传统书店的牌号上大都少不了一个“书”字，像会议通知一样直截了当；现在的新名称则常常让“书”退居二线，而换上“黄金”“银行”之类的字眼，婉转得像保守派的情书，通篇不写“我爱你”，直逗得你胡乱联想。见到这样的新名称，我们一下子就把书与钱联系到了一起，感叹店名的进步真是非同小可，仿佛国画技法上的革命：从前是写实，现在改了写意了……我这里没有丝毫的不敬之意，况且“黄金”“银行”用在书店名称上也并非师出无名，“书中自有黄金屋”“知识就是财富”该是它们的出处罢；又况且，这两家书店品位不低，尤以旧书的交易、换购为最大特色。我的意思只是说……

当初没想明白“我的意思”，或许是这样的：许多店名越来越像那些印有十数条头衔的名片了：你接过名片，马上坠入云雾中，直到看见名字或某个职务后面有个括号，括号内有三个字“副处级”，你才恍然大悟，脚也踏着了实地。

不会有很多的读书人是为了“黄金”才去“银行”的罢。

## 四

雨天是与师友聚谈的绝佳天气；如果是同余秋雨谈话，雨天就更合适。

见到余秋雨，才发现读余秋雨散文远远不如听余秋雨讲话。他真是很健谈，并不眉飞色舞，但起伏迭宕，峰回路转，很有章法。话题也大抵离不开文化：文化人格、文化心态、文化产业、文化建设。尤其是谈到文化仲裁。

他说，眼下文化上的声音太嘈杂，看起来很热闹，但缺乏一个健全的文化仲裁机制。许多所谓“批评”“商榷”都显得无序……需要一批人站出来，以文化良知发言……

回来后翻斯宾格勒《西方的没落》一书，见“英译者第一卷序言”中有下面的意思：

斯宾格勒《西方的没落》一出，神学家、史学家、科学家、艺术评论家都出来批评。这些批评表现出两个鲜明特点：一方面，一般评论家缺乏足够的批评武器；另一方面，有学问的评论家又只看到树木而不能看到树林。斯氏的著作尽管有许多自相矛盾、牵强附会、不准确的地方，但却比批评它的一切评论家高明得多。毫无疑问，正因为感到了它的伟大，反而许多学者——其中有些威望极高的学者——对它根本就不表示意见……这时候，近代学术最伟大的人物之一——爱德华·迈尔博士进行了一种胸襟伟大的评论，评论既注意到了次要的错误，而又只在重大的问题上公平正直地对待斯宾格勒的论著……

迈尔博士是以文化良知发言的。

又想到声势渐弱的人文主义精神讨论，想到“二张”“二王”之争……

凌晨已过。刚才似乎下过一场雨的。

1996年4月11日《深圳商报》

第七版《文化广场周刊》第32期

# “找呀找呀找朋友”

本来已想好题目，叫“如是我闻”，还没写在纸上，忽然响起了（或想起了）一首歌：“找呀找呀找朋友，找到一个好朋友……”童音。

童音最易引起童音不再的人的同感。小时候的朋友，或者是邻居，或者隔一条胡同住，顶多离着三五里地远，一边唱一边找，蹦蹦跳跳的，很容易找到。长大了就不一样了，说起来认识的人多了，但朋友却少了。老朋友星散各地，相聚的机会不多，一分开就很难再找到；与新朋友的交情又大多没过磨合期，像开一辆新车，不敢跑得太快，万一哪个零件磨而未合，就难免出故障，当场抛锚给你看。

找朋友总是不容易，新老都一样，尤其在深圳。上期“编读札记”《凌晨零墨》中提到过几个人名，不想引来了一封信、一个电话，全可以当寻人启事看或听。一位在信中附了回信的邮票，说谁谁是他的同班同桌同学，一向要好，忽然没了消息；另一位又是电话又是传呼，说你写的谁谁是不是姓什么的那个谁谁，两人找朋友的心情都很急切。我都没能给他们一个满意的答复，也只好跟着他们一块儿遗憾。

朋友曾是自己生活中的一部分，找朋友其实是在找自己，找自己曾感到亲切的那种感觉。找文化也一样，找文化的感觉差不多就是找朋友的那种感觉。刚看过的一篇文章说，按“文化科学”的构想，文化分为两大部分，即“生活世界的文化”和“上升为科学的文化”。可在我们的生活中，这两部分文化融为一体，共同影响了我们的生活，做了我们多年的朋友。这种朋友一旦离开，就会不由自主地去找。一位在巴黎的中国留学生非常喜欢去“友丰书店”，因为“它专门经营中国书籍”。他说，友丰书店“不仅是我寄托对祖国文化绵绵情思的地方，也是我与留学生同胞交流的俱乐部”。既找到文化，又找到朋友，他当然会喜欢“友丰”。文化寻找常常被说得玄而又玄，实际上就是“找呀找呀找朋友”，想着“找到一个好朋友”而已。反过来说也对：找朋友看起来很平常，但要说得高深一点，就是在找文化。

文化寻找其实是双向的，你找它，它也找你。双方都生怕找不着，但有时找着了又错过。4月16日晚报的消息说，深圳老街的许多文物连连遭劫，命运悲惨；“个别建筑单位对有关规定置若罔闻，熟视无睹，也不咨询有关部门，致使老街的文物保护范围越来越小”。又说，“内含重要文物的上大街、鸭仔街等历史韵味最浓的地段也行将被拆除”。还说，政协委员在深圳市政协会议上提交紧急提案：要求有关部门召开紧急会议协调老街改造和文物保护问题，并对破坏珍贵文物的负责人追究法律责任。

老束前段时间出差去西安，行前我托他代我到西安的古籍书店访购一套李慈铭《越缦堂日记》正编20年代的影印本。几天前他回来了，说，古旧书店正在搬迁，所有古旧书一律封存。我大惑不解：一年多前我去西安时古旧书店就已开始拆迁，古旧书也已封存，怎么到现在还是一样？老束说，正在打官司。原先古旧书店的工作人员不知为何要搬迁，以为是给公共建筑让路，后来得知是为建干部住宅楼腾地方，于是联名上访。此事至今未了，在西安城闹得沸沸扬扬。

对文化够朋友的人处处都有。但保护文物、关怀文化本应该是容易达成共识的事，可往往要找到法庭上去，还不一定能解决，让人觉得不是滋味，仿佛老朋友无缘无故被人陷害了。

不管怎么说，还是要找。找也不是一方等在那儿，像捉迷藏似的，等着另一方去寻找。寻找本身是相互培养感情的过程，尤其是对新朋友。深圳文化眼下正是寻找的文化，是深圳人与深圳“磨合”的文化，是东西南北的文化在这里始自和睦共处、最终融为一体的文化。

近期《中华读书报》上有篇文章，是介绍文化科学的。其中有段话，意思很好，就是“新名词”多了一点，但也不妨抄在这里：

> 在一个由社会及其成员构成的空间里，每一个个体、群体和社会集团所特有的知觉、情感、思维和行为方式，在这个文本中浓缩、结晶为各种不同的、具有普遍性的识别模式，形成不同的价值追求、生活规范和行为准则，从而组成一个多声部的“文化大合唱”。这样一种文化文本应被视为一个复杂的“意义载体”，每时每刻都通过语言文字、文学艺术遗产、现实写作、人际交往以及其他媒介渠道，特别通过相互关联却又彼此差异甚至对立和冲突的“意义信码”，潜移默化地影响、制约着社会文化的发展进程。

很学术的文字表达的其实是一个很普通的道理：文化建设是每一个人的事，谁离得开朋友，谁离得开文化呢？于是大家说、听、写、读、思，喜、怒、哀、乐、愁，声音高低不同，情绪色彩各异，但组合起来就是"文化大合唱"。

《文化广场周刊》算是深圳众多的文化合唱舞台之一。大家唱的词曲不同，但也仿佛都唱着那首《找朋友》的歌，只是用深圳的音色音调、深圳的发声方法、深圳的乐队伴奏罢了。不过也唱得还不够，尤其"深圳的声音"还不是太清晰、响亮。怎么办？

当然是继续唱！总有唱得雄壮的一天，总有找到朋友的时候。

1996 年 4 月 18 日《深圳商报》
第七版《文化广场周刊》第 33 期

# “招牌文化”

## ——兼答胡显奇先生

槐园主人有一次回忆起旧时北京琉璃厂、隆福寺的书肆，竟认为书商也有培养读书人读书兴趣、品位、方向的作用和本领，“不要小觑那位书贾，关于目录版本之学他可能比你精。搜访图书的任务，他代你负担，只要他摸清了你的路数，一有所获立刻专人把样函送到府上，合意留下翻看，不合意他拿走，和和气气。书价嘛，过节再说”。槐园主人感叹道：“在这种情形下，一个读书人很难不染上‘书淫’的毛病。”书店的经营方式、经营素质真的会影响一个人的读书方向与趣味，会影响一个地方读书风气的形成与文化底蕴的培养。从这个意义上说，读书人要求书店更多更好一些，或者深圳人埋怨深圳的书店品种太少、品位不高等都没什么不对。读书人有时甚至会对书店的店名也有苛刻的要求，希望能雅致一些、书香味道浓一些，这也不算是无事生非。犹记前几年每逢周末去北京琉璃厂访书的情景。虽然现在的琉璃厂“运作方式”上同昔日比已大异其趣，但那缕缕神韵还是可以嗅得到的。别的不说，坐在某一家书店台阶上，闲闲地向远处望过去，精致的招牌、雅致的店名、名流的墨迹，就足让你神清气爽，舌底生津，很容易就想起一些文化的问题。

说起来，现在厕所都已成了“文化”了，街上的招牌当然也算得上文化，或者已有人在研究“招牌文化”了也未可知。说“店名、招牌之类是时代风气、文化心态、价值取向的一种反映”恐怕也不是小题大做。马季当年说相声“卖”过“宇宙”牌香烟，那是在讽刺一些人“以大唬人”的心理，现在这种心理也还并未消失，比如饭店宾馆的名字动不动就用上“王”“都”“帝”“世纪”“国际”之类的字眼儿。“求大”之外，如今又有“求洋”“求港台”“求玄”“求金”等名目，也几乎都成了“时尚”。坊间有不少“起名不求人”“查名大典”之类的“专著”，可见“招牌文化”不仅有了“文化实践”，而且有了“文化积累”。这些书向我们提出了“挑战”：真该研究研究“招牌文化”与“文化招牌”了。

这就说到了“黄金屋读者俱乐部”的名称问题。在上上期的“编读札记”《凌晨零墨》中，我曾就“黄金屋读者俱乐部”和“知识银行”（应为“图书银行”）的名称谈了点个人想法，意思是“黄金”“银行”一类的字眼不应该出现在书店的招牌里。第二天，“黄金屋读者俱乐部”的总经理胡显奇先生就打电话来，并传真过来一篇稿子，要同我商榷（稿子已应显奇先生要求发在今日《读者说文化》专栏）。既然是点名“商榷”，我也免不了有个答复，下面的内容就是。

写"零墨"之前，我去过几次"黄金屋"，淘到过几本很喜欢的旧书（价格很便宜），也买到过几本港台版新书（价格很贵，因原价之外还要加百分之二三十的港币兑人民币差价及手续费），总的印象是有些特色，品位不算低。但我一直觉得这样的一家读者俱乐部是不该起"黄金屋"这样的名字的。很多读书人都曾对"书中自有颜如玉""书中自有黄金屋"之类的话表示反感，认为宋真宗皇帝的劝学文"实在令人难以入耳"。"黄金屋""颜如玉"之类的美妙"幻想"一直在旧时的读书人脑中独霸着，使他们"把书当作敲门砖以遂平生之志，勤读六经，考场求售"，"不能不整天价作着此类的白日好梦"，引导着不知多少读书人走向了歧途。（以上引语分别见黄裳等人文章）。显奇先生给读者俱乐部起名"黄金屋"的想法当然与宋真宗先生的"旨意"不同，因为"创意者已经将'黄金屋'赋予它时代新的特征及鲜明的个性和丰富的内涵"。但看见这三个字，不免就想起一种早该过时的读书观，不免担心这三个字是否会对那些出出进进的读书人造成一种"常识性的疑惑”：来这里是为了淘书，还是为了淘金？或者，淘书就是为了淘金？显奇先生认为俱乐部的字号是否确切、妥当，“那是仁者见仁、智者见智的事，大可不必就此评头论足，咬文嚼字”。我的看法正相反，既然是仁者见仁，智者见智，那就此评头论足才有必要；况且，还有招牌文化研究上的意义呢！文化需要关怀，招牌文化当然也需要关怀，显奇先生问我“表达的是何种文化关怀”，其实就是上面说的这一种。

读了显奇先生的文章，才知道读者俱乐部并非传统意义上的书店、图书馆，而是一种新的商业运作机制。这促使我读了一点有关读者俱乐部的资料，结果知道了，“读者俱乐部是一种纯粹的商业行为，其经济目标非常明确，就是赢利”（见《中华读书报》一篇文章）。原来如此，先前我怎么就不知道呢？这是我“绝对没有去工商局办理过企业名称核准手续”的缘故了。而被显奇先生称为“文字游戏”的那段文字也跟着错了，应该反过来说才对：读者俱乐部叫“黄金屋”正是名副其实，“像会议通知一样直截了当”；反而是其他城市那些读书俱乐部的名字，如广州的“七星”“彩虹”，上海的“东方书林”“书香”“新世界”，北京的“求索”“大趋势”，沈阳的“爱书人”等，倒真的“婉转得像保守派的情书”，看见这些名称，我们就只想到书，想到知识与责任，偏偏想不到“钱”！

在“黄金屋”问题上说来说去，首倡“书中自有黄金屋”的宋真宗先生在九泉之下是不是哭笑不得，我暂时不能知道。我想他大概会笑的，他的读书观几百年后依然有影响，他肯定高兴。兴许他还有些遗憾：要是再有几家叫“颜如玉”“千钟粟”“多如簇”的书店或读者俱乐部就好了。但不知一生读书、爱书、著书、译书的槐园主人九泉之下是不是也哭笑不得。我猜想他大概会哭的。一旦重回九泉之上，他是否还可以碰见那些“不可小觑的书贾”呢？我真担心他再也染不上“书淫”的毛病了。

1996 年 4 月 25 日《深圳商报》

第七版《文化广场周刊》第 34 期

# 想看看“那人”

北京传真来一篇稿子，题为《深圳需要“精神后花园”》。一看标题就喜欢。后花园里有多少迷人的故事，谁也说不清；私定终身后花园是旧戏中的“老套”，但说“精神后花园”，意思就很新了。董桥曾说过：“经济、科技的大堂固然是中国人必须努力建造的圣殿，可是，在这座大堂的后面，还应该经营出一处后花园：让台静农抽烟、喝酒、写字、著述、聊天的后花园。”董桥说的是中国，北京的朋友说的是深圳，意思却一脉相承，倒也不关乎新旧。说新当然可以，因为是将“精神家园”之类的话换了一种说法，使这“家园”又添了一层幽静；说旧，也真是旧，人于繁忙生计之外欲寻一处安放灵魂的所在，这种想法的年龄足有几千岁了。

许多事情不妨就“换一种说法”，或者，是“换一种角度看”。本来熟视得都无睹了，这一换，便常常有意外的发现。“横看成岭侧成峰”，山水是一样的山水，角度不同罢了。“众里寻他千百度”，其实，“那人”已在那一丛阑珊的灯火下独立许久，只等你“蓦然回首”——换一种角度看。

深圳大学的一位教授，说他要给《文化广场周刊》写篇文章，叫作《深圳文化：换一种角度看》。文虽未见，倒乐得预支一些喜悦。深圳文化确实需要换换角度来看看了。刚刚参加了一个深港文化交流座谈会，专家学者的发言大都有换一种角度看的意思。比如，“内地与港澳的文化交流研究，是战略性的任务，全国都在研究，北京、上海还走在了深圳前头，深圳在这方面已没有多大的优势，所以不能满足于先走一步，还要赶紧一步"——一换全国角度，看出了差距；比如，"其实文化本身也是一个可以升值的产业，纽约曾有一个说法，叫'文化救市'，意思是当经济不怎么景气的时候，文化可以发挥'救市'作用，一个简单的例子：一个万人景仰的文化场所，可以使周围的房地产增值……"——换了国外的角度，又看出了文化的价值；比如，"自己看着自己不错，但要去交流，问题就有了：深圳究竟可以拿出多少特色文化去同其他地方交流？人们常说'窗口文化'，那么我们这个'窗口'要向国内外展示些什么？"——换了交流的角度，就看出了忧患；比如，"深圳特区成立十五六年了，经济上打了一个好家底，现在正是建设深圳文化的最好时机"——换了历史的角度，看出了深圳文化的机遇；又如，"究竟是文化选择我们，还是我们选择文化？我们的文化建设，应从被动转向主动，从随机性转向有机性"——又是一个角度，看出了不能忽视的症结。

本期《读者说文化》还有一篇《迎接自省的时刻》，也是换了角度看问题的文章。正常的、健康的文化批评并非故意找事，亦非无谓的指责，而是深圳文化已发展到了“自省的时刻”。这个角度换得真是很好。“自省，说通俗些就是自我批评。”文化是关乎每个人的事情，谈自己的事情当然可以直抒胸臆，并不为了“别的什么”。我们需要“那人”，找得已经很苦；自省，不过是“蓦然回首”罢了。

也有虽回首但“那人”却不在的时候，那多半是我们虚构了“那人”。许多的口号、招牌、数字往往经不起换一种角度看；真的看了，会发现不过是“那人”的影子，或者连影也没有。说是在后花园见面，兴冲冲地去了，“那人”却不在，后花园不过是换了名目的“大堂”，真扫兴得很。但实在也很幸运，起码是明白了，凡事单从一面看是不行的，方方面面地看过去，才见得到真面目。看清楚了也许会失望，但这失望是良药，可以治愈希望身上的发烧头痛一类的毛病。

换一种角度看，往往会看出不一样的面目，人言人殊、千人千面的时候都会有。于是就有争鸣，有研讨。同是王洛宾，有的看他是被包装成了“典型的当红的歌坛艺人”，却失去了“孤独的牧羊人”的神韵；有的则认为他从来不是当红的歌星，而是真正的英雄（有关文章见本期“新语林”版）。这有什么关系呢？看的人多了，看的角度多了，真正的王洛宾就会再现在眼前。文化上的事大抵如此。

一石一瓦，一亭一阁，一花一草，一山一水，精神后花园原是这样或先或后点点滴滴建筑起来的。天亮时，在园中横看侧看，各有会心，挺好，但别忘了剪枯枝，除杂草，引清泉，扫石径；夜幕四合，人约黄昏后，尽可于园中“众里寻他”，但一定得想着给后花园点灯。天白天黑都一样，想看看“那人”，须常常“蓦然回首”；也许看到，也许看不到，都正常。

1996年5月2日《深圳商报》

第七版《文化广场周刊》第35期

# “毛边本”

前几天在上海外滩浏览那一组西式风格的建筑，忽然想起这“大上海”很早以前有个别名，叫“小苏州”。二百年间，几度沧海桑田之变，上海由“小”长到了“大”。香港如今也是国际大都市了，还有“东方明珠”等“雅号”，但也就在百八十年前，它的“雅号”却是“小上海”。说来有趣，建立特区之初，深圳也曾被称过“小香港”的。用彼城之名指代此城，前面冠一“小”字，似乎是专家与普通人都喜欢使用的判断方法。这当然是用“历史的、联系的、比较的”方法看问题；不过，乐于以别人命名自己，也关乎民族性格与文化心理，其中兴许有些学问，应该有人去研究。

上海终究不是苏州，香港也不是上海，深圳更不是香港；城市像人，各有其面，早晚都会长成自己的模样，不用担心，也不必着急。但城市之间的交往交流是必需的，况且，据说现在地球快成了一个“村”了，想不接触不交流也难。1997的脚步声越来越响，深港交流的话题也越来越多，正是好事。以前谈得多的是经济合作，现在，文化交流的试卷也发在双方手中了，恐怕谁都不会乐意交白卷。《文化广场周刊》自本期始会刊登几篇深圳人的“试卷”，答得好不好，得分有多高，都交给所有关心深港文化交流的人们去评判。

深圳既毗邻香港，深圳人对香港文化的了解自然比其他城市多些，也应该多些。但是否就一定比其他城市全面和深刻？恐怕也难说。比如，香港的武侠、言情小说，人们读了很多；号称“专栏文化”的“框框式杂文”，也能经常在书报刊上看到。但这些肯定不是香港文学的全貌，起码写散文的还有高手；高手中起码还有董桥。但知道董桥的人有多少？

柳苏曾有一文谈及董桥，说“董桥的散文不仅证明香港有文学，有精致的文学，也证明香港文学不乏上乘之作，不全是‘块块框框’的杂文、散文”。柳苏的这篇文章题为《你一定要看董桥》。当然，你不一定非要看董桥，但应该知道香港还有这么一个人，写一手非同凡响的好散文。张文华女士一向喜欢“翻开董桥”（参见本期“读书人”版），认为董桥散文当得起“最是可意”四字，这该是她熟读之后的真感受。有了真感受，下起断语来就扎实多了，起码不至于无的放矢。

董桥在内地出版的书，北京的“三联”有两种，广州的“花城”有一种，馀不多见。相对于武侠、言情小说乃至所谓“财经”小说之类，董桥散文有些寂寞。上海子善兄前不久编成一本《董桥文录》，给四川一家出版社印行。那天承他赠我一册，且是毛边本，心中大喜。一百七十多篇文章，藏在尚未裁开的书页里。手持裁纸刀，裁一页，读一篇，既有难捺的急迫，又有意外的惊喜。

忍不住戏拟一联："美文眼前过，妙趣刀下生。"

眼下的深港文化交流，也正仿佛是一册"毛边本"。我们虽读了几页，但许多内容尚未及裁开细读。书中的内容有我们喜欢的，也有不喜欢的，兴许还有些一时难以读懂的，但总要一页一页裁开来，读下去。喜欢的，多多交流，领会于心；不喜欢的，翻过去就是；一时读不懂的，留着慢慢琢磨，且裁下一页：文化交流真的需要这样一页一页裁开来，读下去。

1996 年 5 月 23 日《深圳商报》
第七版《文化广场周刊》第 38 期

# “文化？什么文化？”

“文化”一词越来越像佛语中的“世界”。佛经上说，以须弥山为中心，在同一日月照耀下的四大洲及其中的七山八海，称为一个世界。积一千个世界，为“小千世界”；积一千个“小千世界”，为“中千世界”；积一千个“中千世界”，为“大千世界”。一个“大千世界”包含十亿个世界，而宇宙中有无数的“大千世界”。按这个思路想下去，结果是想到头痛还是难以想象。“文化”也快成了难以想象的词，在它前面，任意加上一个什么东西，这个东西摇身一变就是文化，仿佛“大千世界”里的孙悟空，在自己身上拔根毫毛，仙气一吹，就变成一个活蹦乱跳的小孙猴子。

希特勒的宣传部长戈培尔曾说，谁要给我谈文化，我就掏出手枪。他忘了他一拔枪也就成了文化——法西斯文化。前几天一位沪上朋友一本正经地说：“谈文化？什么文化？成千上万种文化，谈哪一种？”近期《随笔》杂志载有一篇吴观澜的《无文化之文人》，仅百余字，堪称妙绝：一位以读书教书为业的穷书生，自觉除文化外一无所有；他的一位旧时同学，不读书则已成富翁矣。某日相见，书生以有文化自居，以不屑之色视富翁。富翁笑曰：“君自诩‘文化人’，不知精通何种文化？饮食文化乎？居室文化乎？服饰文化乎？酒文化、茶文化乎？性文化乎？”书生一时语塞，此后闭口不敢提“文化”二字。

戈培尔不让提，沪上朋友不愿提，穷书生则不敢提。同是一个词，却几乎成了无法沟通的语言。权威人士如社会学家，面对这种名词的迅速繁殖与变异，大概也没办法。董桥有一篇文章提到，社会学家雷门·维廉斯二次大战入伍四年半，战后回到剑桥，发现一切都变了：旧日师友重聚，言谈毫不投机，不仅彼此的价值观念不同了，甚至彼此熟悉的单字名词，各自的解释和定义都不同。于是感叹：我们彼此说的不是同一种语言。

本是说同一件事，却可能“彼此说的不是同一种语言”，这当然是麻烦事。但还是有必要说；说，就有可能双方都“笑曰”。不说才麻烦，不说就可能经常一个“笑曰”而另一个却“语塞”，或者彼此一块儿感叹。所以，《文化广场周刊》的《读者说文化》专栏还将一直办下去，继续把各路的“文化”都引过来，在“广场”上各露绝招，切之磋之，琢之磨之。

“文化”几成大海，我们也不妨先取一瓢饮。荷兰的C．A．冯·皮尔森老先生的“文化”定义，我们很同意。他在《文化战略》一书中给了“文化”一种富于动态性的解释。他说，“文化”这个术语与其说是名词，不如说是动词；他说，文化的一个方面是传统，即所有物和规则的传递，然而这种传统是变化的，是有无限发展的可能性的；他说，今天的文化已不再是某种人把它作为一种命运而“经历”的事物，不再是一种现实，一个已完成的事态，而是一个动态的过程，是按一定意图对自然或自然物进行转化的人类全部活动的总和。

以这样一只“文化眼”看，作为名词的“深圳文化”远不如作为动词的“文化深圳”有道理，能站得住；以这样一只“文化眼”看，“读者说文化”终究是要说出一个“一定意图”；以这样一只“文化眼”看，今天本版乐正先生的文章正揭示了深圳文化的一种可能性，或者说是提供了“文化深圳”的一种参照模式和选择途径。在乐正先生的心目中，“文化”“物化”肯定是动词，所以他说“要互动”，而且要“良性互动”。假如真的能“互动”而且“良性”，那就好极了。文化？哪一种文化？就是能“动”且能“互动”的这一种。

1996年5月30日《深圳商报》

第七版《文化广场周刊》第39期

# 说说台维

重翻金耀基《剑桥与海德堡》，发现当初读至《剑桥一书贾》一文时，在空白处写过如下文字：

> 有书之尊严，才有文化之尊严，才有人之尊严，才有家国之尊严。焚书坑儒，书与人的尊严一付火中，秦皇的气数就已尽矣……

回想起来，当时的这番“感慨”是因文中写的那位名叫台维的书贾而发。金耀基提到，台维是“喜欢把书的尊严、书的快乐带给别人的书贾”；第一次世界大战期间，台维“使书显出了尊严”。台维的书铺无疑很成功，因为“台维的店铺总是门庭若市，川流不息”；台维本人也很伟大，因为他“是影响廿世纪第一代剑桥人最深刻的少数人之一，他激发了无数人追求知识，他供给了百千人书的快乐”。金耀基甚至说:“剑桥的书香，是靠像台维先生这样的人播送的。”

书贾当然要卖书，卖书却不一定是在播送书香，得视乎对书的态度而定。卖书只在书的定价上打金钱主意，是否在播送书香就真说不准。“台维在伦敦拍卖所得了‘便宜’，他一定很‘便宜’地转让给你，而决不会讨你的‘便宜’。就因为这种公平、坦荡荡、不刮读书人的荷包的态度，才使他在剑桥赢得了好名声。”不讨书的“便宜”，就给了书尊严；不讨读书人的“便宜”，就给了读书人尊严——道理其实很简单。剑桥的买书人未必很穷，剑桥的书贾肯定也要赚钱生存，但尊严是卖书人与买书人之间的一种默契，是双方看人看书的一种标准；它不仅有形（书），而且有味（书香）。双方都不把尊严挂在嘴边上，但谁都不对它视而不见。

宣韦先生大概也是要给书一种尊严吧，他说他卖书时看见别人把《国语辨析》《伊利亚特》之类的书买走，就像他乡遇故知般感到亲切与激动；他说有人要买的书恰恰店里没有，他就大街小巷为之寻觅，原价买进卖出，白贴车资汗水。但是他经营的书屋却失败了（参见本版《读者说文化》栏宣韦先生文章）。书店是一个城市文化的“窗口”，卖书人往往对一城一地的文化有更真切的感受，他们仿佛“窗内人于窗纸上作字”，外人“于窗外观之”，往往叹为“极佳”，但“窗内人”常常“极佳”不起来。宣先生赔了三十多万元，才换得对深圳文化的一些认识，虽说未必全面，但一定很真实。他文中列举的种种病态，全来自切肤之痛；花三十多万得出几点认识，代价未免大了点儿，真正的读书人当对之三思。

深圳的书店现状确有堪忧之处，几家坚持高品位的书店，但凡能生存下来的，活得也都不容易，看来仅仅书店一方坚持书的尊严并不行。书店的兴旺与否，实在与一城一地读书人的生存状态大有关系。台维是剑桥的台维；没有剑桥，台维大概也维持不下去。

功利的书店，功利的读书人，功利的读书风气，功利的文化导向，这种种功利如果把一个城市的空间挤掉太多，书的尊严、文化的尊严就很难找到安身的地方了。

1996年6月6日《深圳商报》

第七版《文化广场周刊》第40期

# 重温两篇文章

《文化广场周刊》要发出“深圳的声音”。这在周刊创刊伊始，我们就意识到了。可几十期办下来，做得总也不够好。这里可以提出两篇文章，第一篇是发在周刊第11期上的《深圳的声音》；第二篇是发在第39期上的《呼唤“深圳的声音”》。两篇文章相隔近三十期，问题都不离“深圳的声音”，可证我们尚未把初衷变成事实。

记得周刊办到第6期时，我们曾去深圳广播电台做过一次节目。主持人问起周刊的办刊方针，我们的回答中有这样两句话：让深圳听到全国文化界的声音，让全国文化界听到深圳的声音。很快，一位听众便写了文章来（就是上面提到的第一篇文章）。文章说，在文化比较“少”的深圳，《深圳商报》能将一份文化周刊办到这个份儿上，确实不易。但周刊的文章内容、版面风格、精神气质，都有点像《读书》杂志的普及版，发出的声音更像全国文化人发出的声音。“这样发出的声音，能有深圳特色吗？能吸引中国人倾听吗？”

真是问得尖锐，直让人虚汗顿出。在这前后，报社内外、深圳内外的同人、师长、朋友，也纷纷提出这一问题，仿佛一首歌，唱的人越来越多，歌声亦日渐雄壮，越来越像进行曲。我们和着这曲子的节奏，越走越觉得责任重大，越走越觉得目标越高、越远，甚至已觉得有些力不从心。

就这样，到了第39期，又一篇《呼唤“深圳的声音”》出来了。文章认为：“文化广场”虽然“具有个性的风景，也有欣赏风景的游人”，但缺少的正是深圳特色，“匮乏的是代表深圳的声音”；“深圳本地的文化人集中表达的都是带普遍性的文化情感……忽略了从深圳的视角评价各种文化现象"；"我们往往只是介绍文化现象，而始终未能真正介入这些文化现象，起一种文化仲裁的作用"；"我们如能基于在深圳特区的特殊生活中形成的特殊文化视角，（对中国各种文化现象）予以观点鲜明的评价，则必可在国内文化之林中独树高标"。

其实，两篇文章虽都用了"深圳的声音"一语，但所提问题的侧重却不同，这也等于在两方面指出了我们的不足。第一篇文章关注的是深圳文化应向什么方向发展，并强调深圳文化本身应发出清新刚健的、务实的声音；第二篇文章则把我们的目光引到了深圳文化与全国文化的关系上，特别看重深圳文化应面向外部发出自己的声音。

当初提"深圳的声音"，我们的认识还相当模糊，如今似乎认识得更全面了。"深圳的声音"原该这样：一方面，文化自身发出清新的声音，以吸引其他地区人倾听；另一方面，以自身的声音融入其他的文化声音中去，以显示"新声音"的存在（大概还要加上一条：

让世界也听到“深圳的声音”）。看起来，在后一方面，我们做得尤为不够。

于是有了今天《读者说文化》特辑里的一组稿子。当然，这些声音还只是一些感觉式的发声、印象式的点评、个性化的见解，不足以代表深圳对一些文化现象的评价。但眼下是否就有一种声音能代表深圳文化的声音呢？恐怕未必。深圳人的各种不同的声音汇集起来，或许就离“代表”不远了。

让深圳听到全国文化界的声音，这一任务多由外地作者承担了，这就是我们为什么坚持请一些外地文化名人到“广场”漫步的缘故。让全国文化界听到深圳的声音，则要靠深圳方方面面的仁人志士们来完成。写到这里，就可以发出邀请外加约稿了：一、多帮助，多批评，多提意见；二、深圳的声音——深圳的什么声音？什么样的深圳声音？请赐高见。

拜托！

1996 年 6 月 13 日《深圳商报》

第七版《文化广场周刊》第 41 期

# 稳稳地站立

蒋天枢是陈寅恪晚年非常信赖的弟子。1964 年的一天，蒋天枢如约上门去见老师。他的“盲目膑足”的恩师将一生的名山事业托付于他，并不在意当时家里没有别人招呼弟子入座饮茶。蒋天枢站在陈寅恪床边，一直站着，毕恭毕敬，听了很久，也站了很久……写《陈寅恪的最后 20 年》一书的陆键东说，这一画面“如刀刻般永难磨灭”。

蒋天枢的站立并非一般的尊老，甚至亦不是一般的尊师。在一座文化高峰面前，站立当是他本能般采取的唯一姿势。这一姿势真正的意味深长之处在于，许多曾在这个床前站立过的人当时避之唯恐不及，甚至还有揭发批判老师的事，唯有蒋天枢，能在这儿稳稳地站立。许多的传统被“文化”掉的时候，蒋天枢以在他的恩师床前恭立聆诲，表达了他的文化态度。

秋雨先生前几天讲演时曾提到他很喜欢“文化态度”这个词，说这个词“包含很丰富的内容”。他甚至说“现在的学术观点、学术著作已经够多够多的了，缺少的就是一种文化态度，一种学术风度”。此话可做“沉痛语”听。一个人的文化态度显于言行举止，源于学养、识见及道德水准，所谓“容貌、态度、进退、趋行，由礼则雅，不由礼则夷固僻违，庸众而野”（语出《荀子》）。一个时代、一个城市的文化态度，亦大抵如是。刘梦溪先生前不久在一次研讨会上谈文化交流时忽做排比式的论断：“再也不能鼓励儿子揭发老子，再也不能提倡妻子揭发丈夫、丈夫揭发妻子，再也不能唆使学生批斗老师……”看似“离题”，实则点到文化的痛处。

正常的人伦秩序是社会安定所必需，健康的文化秩序是文化繁荣之所系，此理正反两面皆已明证。

秩序由态度来，态度由学养、修养、素养综合而出。深圳应有什么样的文化态度，相信朋友们读了秋雨先生的文章会有所悟，但“应有”不是“已有”，“应有”也未必意味着一定会有，全看我们如何努力。努力的结果最好是这个样子：“要使中国人感觉到，深圳有那么一批人，他们的学问不见得深奥，他们的年龄还小，但他们对整个中国文化，有一种巨大的热忱；在这种巨大的热忱面前，个人的委屈、意见的分歧，他们是不在乎的。他们在一个极安全、极温馨的人文环境当中，来向全国各地输出我们的文化态度……”

态度因人而异，一人之态度会因时、因地而异；一个地方一群人一段时间内的文化态度，相互激发培养，一起择优汰劣，终能融汇成独特的、异于他方的文化态度。良好的文化态度当是一座城市最具魅力的地方，是稳稳地站立在文化之前、之中的最佳姿势；能否引得人来、留得人住、使得人乐，全要靠它。20世纪20

年代清华大学要办一个国学研究院，目的是培养“以著述为毕生事业”之国学专才，风格兼取中西之长，研究范围为中国历史、哲学、文学、语言、文字学、音乐以及东方语言，招生对象不限资历，购书经费亦十分充裕。文化态度如此，文化气象自然颇为可观。清华园内工字厅曾有这样的格局：西院住着王国维，北院住着梁启超，南院住着赵元任，南院二号住着陈寅恪。20世纪20年代的工字厅实为文化大师们的天下。引他们来的是态度，他们的组合则不是态度，是态势。

1996年6月20日《深圳商报》
第七版《文化广场周刊》第42期

# 一封家书

打工妹杨红给她妈妈写了一封信，说春节就要到了，自己很想家，但是，“妈妈，春节我不回去了，我要利用假日学习电脑，多看点书。我也想家，但为了心中的梦，我还是留了下来”。信是五个月以前写的了，写信时杨红肯定流了泪。后来几次在公开场合读自己的信，她都流了泪。家书当然不好公开，可是“大家乐”搞了一个“一封家书”征文活动，杨红认为她应该参加。几天前的一次“大家乐”文化研讨会上，杨红第一个发言。她说“大家乐”像一个温馨的家，那儿的人都像家人一样可亲。当初决定参加征文活动时，她也肯定这么想。她把家书寄给“大家乐”就像寄给家里一样。她的信“家人”们都很喜欢，都很感动；她的信还获了奖。

思乡思亲之情肯定是又浓烈又忧伤的，有了这么一个地方可以“代收”并“交流”家书，杨红们心底的忧伤会减少，温暖会增加。有了温暖的感受，差不多就有了家园感了。“日子过了一天又一天，每天都是一种磨难，千篇一律的加班生活像慢性毒药一样慢慢侵蚀我的一切，每一天都像陀螺一样转个不停，渐渐地我也习惯了，也麻木了……”杨红们的生活实在不容易，“大家乐”能给杨红们一种家的感觉，真不容易。

让所有居民都有一种家园感，这在其他城市，也许还不成问题，在深圳，则是大问题。几百万寻梦人拥进“一夜城”，他们虽然年轻，孰料他们的这个新“家”更年轻，家园感的问题没法不大。

寻梦的人多，证明深圳吸引力大；但吸引力之外，尚需有凝聚力。“二力”中缺一，皆不成家园。尤其凝聚力万不可缺，否则吸引力再大也终究是异乡。没有凝聚力，城市可以满眼繁华，城里人却可能满心孤寂，心力难免不稳，心情难免不定，心思会发散，会飘浮，会躁动不安；会认为城市虽好，却是“别人的城市”，会觉得身在城中，心“生活在远方”。许多的急功近利，许多的短期行为，许多的“掠夺性开发”，许多的“捞一把就走”，皆可由此而生。

“大家乐”十年间，可圈点之处不少，仅给人家园感一项，足可称道。据说“大家乐”已网络化，全市有六七十个“网结”都结实有力。不得了。如最终能把一百多万打工者都凝聚起来，甚至把打工阶层之外的众多“不安定的心”也凝聚起来，那就真是“善莫大焉”“功莫大焉”！

家园感的培养关乎方方面面，非“大家乐”一家所能负担；家园感的缺失关乎很多人，所谓“精神家园”的呼唤，所谓“边缘人”的感叹，亦非打工者独有。据说现在许多不属于“大家乐”系统的文化场所也纷纷亮出了"大家乐"的名号，有这种大家都乐于办"大家乐"的局面，城市变成大家的家就为期不会太远。有论者说"大家乐"是深圳文化的一个新的"生长点"，似乎并不离谱。家园感、凝聚力确实关乎文化。一边继承文化传统中的核心观念、主流精神、自强心态、载物气度，一边营造出新的文化方式、文化态度、文化环境、文化神韵，城市怎么会没有凝聚力？

想方设法"给"人家园感自然应大加鼓励，但自叹"无家可归"的人也得去寻找家园才好。起码不以"客居"自夸，不以"游子"自况，不以"流浪"自得，不以"孤独"自赏，不以"放逐"自悲，不以"空虚"自怜。心放在该放的地方，还有什么不放心的？"妈妈，是深圳给了我机会，我爱深圳，我知道您不放心。自尊、自爱永远是我的人生信条，您还有什么不放心的？"杨红对她妈妈说。

1996年6月27日《深圳商报》

第七版《文化广场周刊》第43期

# “书途同归”

1996年“双休日读好书”征文活动，有了左边的“征文启事”，就算是拉开了序幕。此刻我们的心情，正仿佛是舞台旁边拉幕人的心情：帷幕一开，舞台毕现，只盼着演员赶紧登场，剧情快点展开，台上老空着可不好；万一剧目不精彩，草草地再把幕布合上，那就更不妙。

有这么一点担心，并不证明我们没有信心。只是类似的活动，我们见到的，是虎头蛇尾的不少，徒有其表的也有，心里就多了几分警惕。不办则已，办就办好：

这样的决心，我们倒是下定了。

这次读书活动的特点，大概当得起一个“宽”字。不开列必读书目，不规定读书范围，只标出“好书”二字，给参加征文者以最大的选题范围，这显出征文内容之宽。出了校门之后，我们有多少人是按照某种书目去读书呢？读书一旦成了课程，趣味便先失大半，书迷们大概会视之为苦，写文章的心情肯定好不了。所谓“好书”，标准会有不同，但书海中总有一部分是时间证明过的公认的好书，这是客观上的“好”；人喜好不同，但总有一部分书是自己喜欢读的，这是主观上的“好”。两“好”相加，差不多就把“好书”抓住了。谁都得承认：古今中外，好书实在太多。

以往的读书征文，多半征的是书评。其实，读书生活丰富多彩，非“书评”一体所能包办。写书评多半是专家的事，他们有足够的精力与学力来鉴别书中观点的正误、立意的新旧、技巧的高低；普通读者读书本不担负这一使命，他们捧着一本自己喜欢的书，有味则读，有趣则迷，有情则喜怒哀乐，以至废寝，有理则琢磨咀嚼，以至忘食；实在看不下去，扔掉就是了，既不背师友的文债，亦不担失业的风险。一旦有闲（比如双休日），他们会把“锥指管窥”到的东西形诸文字，虽未必“全面、客观”，但可能更鲜活、更真实。他们甚至会对作者、出版者有些想法，对自己的读书生活有些体会，对各种涉及书的观念有些独到的感受。所以，我们的征文，不仅包括严谨的书评，也欢迎散淡的书话；不仅可述可评书人书事，亦可反观出版风气、读书时尚；可以写读书态度、读书生活，还可以谈买书甘苦，藏书忧乐。此可谓“体式”之宽。

图书图书，图与书生来难分难解，以后也不会貌合神离。书中的图，图中的书，都使得我们对书多一份情感，对图多一份感悟。古书上的藏书印，不仅透露“占有者”的身份，也往往见出藏书者的境界；源于西方的藏书票，不仅表示人对书的深情，本身也和藏书印一样，是可玩可赏的艺术品。书籍插图的好处不必说了，它是读书人眼睛旅行的客栈，心灵自由的乐园。我们对书有了感情，就不单会喜欢书中的文字，还会欣赏一切与书有关的图画，也许这和爱屋及乌的道理类似，和由爱转痴的情境相通。我们这次征文，想来一个图文并“征”，以求“并驾”“并茂”。这算不上是独创，但却是我们乐于提倡的。希望艺术人、艺术家们能有喷薄而出的灵感，为我们的读书生活添一幅美景。

在读书道路上，殊途同归的事是有的，但专家与普通读者不在“殊途”，书评、书话不是“殊途”，书文、书画不算“殊途”，藏书、读书不为“殊途”，工作日与双休日不能“殊途”，出版者、著作者、读书人不走“殊途”，文化界、企业界哪里又是“殊途”。都是“书途”，都在“书途”上！

我们的“双休日读好书”活动算是书途中朋友的一次聚会，我们的“文化广场”，愿意是大家聚会的客厅或草地。其实，从你眼前的书中走到我们这儿，一点儿也不远。

1996年7月4日《深圳商报》

第七版《文化广场周刊》第44期

# 风雨南方

云乡先生前几天来信说："昨日立秋，今年夏天又过完了，未免匆匆……"读至此不免心惊：原来秋天已经来了，怎么一点儿感觉都没有？往年在北方，每逢秋风乍起，总会煞有介事地感时伤怀，写一些"肃杀""萧瑟"之类的句子。现在想来，殊为可笑：不是窗外秋色太浓，倒是当时心中秋气太重了。居深圳经年，对季节的体会大得异趣。这儿的季节变换起来，似乎毫不用力，随意得很，以至于界线模糊得了无痕迹；即使偶尔指冬为春，也算不上什么了不起的笑话，或者竟被认为是别具只眼也未可知。大概心中的秋气也减了不少罢，反正抬头望天、低头问地的心绪早已所剩无几了。一旦有人告知夏去秋来的消息，反觉得很新鲜，仿佛这消息于己无关似的。

移民到一个全然陌生的地方，首先感到不适应的很可能是气候。北方人来到深圳，眼看着日历一页一页翻过去，可花也不败，草也不衰，秋天叶不落，冬天雪不飞，简直不可思议。一位朋友看到电视里报道北方大雪的消息，竟至眼圈发红，遂命名自己的书房为“听雪斋”，“飞雪从此可听不可观矣！”其实此感慨不独为雪而发，是那个叫作“乡愁”的东西在作怪。

话应该这么说，等到移民们适应了这个地方的气候了，心也就安定得差不多了。当然，让人顿生异乡之感的还不光是气候，人文环境似更关键。比如菜难对口、话难入耳之类，都仿佛是一张张网；要挣破它们，才进得了新家园的门。适应气候一二年就差不多了，接受并参与创造一个新的人文环境，时间就需长得多。

四面八方闯深圳的人，来得有早有晚，早的与深圳一同成长，或戏称“看着深圳长大的”；晚的就不好说了，十年八年，三年五年，一年半载，甚至一两个月、一两天的也都有。一个都市总有一个作为稳定力量的人群。对一个移民城市而言，这一稳定的人群大概应由在这里生活两三年以上的人组成。道理也很简单，两三年的时间，气候也适应了，人文环境诸方面该接受的也接受了；接受不了的就有点玄：恐怕再也难以接受了。身临其境两三年，漂泊的感觉会越来越淡，家园感会一点点增强，往时的旧梦会重新捡起来，昔日的爱好也会从封存状态中苏醒。据说在深圳喜欢各种收藏的人多了起来，这是一个好的征候：只有家居安定、生活安心、日子不太局促的人，才会有闲心闲钱照顾这些人生边上的情趣。

几百万深圳人中，没有几个人从小立志要生活在南方。我们带着各种各样的梦想来到这里，我们喊叫着要“重新活一次”，我们把自己原有的安定打破，寻求难以预知结果的不安定。几年十几年过去，“深圳人”

作为一个“政治概念”“经济概念”已名扬四海了。文化意义上的“深圳人”今天是怎样一种生存状态？是怎样一种文化身份？梦想成真之后还有没有梦想？梦想破碎之后还能不能复原？生活安定之后是否就喜欢“保守”？未安定下来的是否有希望安定？找家的人找没找到家？有家的人有没有“家园感”？每一个人都会有许多话要说吧？那就说出来！

《生活在南方》栏目表达的是这样一种文化关怀：它关心每一个生活在南方的人的真实的生存状态与文化感受。它的开设基于这样一种信念：为了生活在南方，我们都付出了很多的东西，现在我们应该收获了——收获我们对南方、对生活、对自己、对文化的新领悟。

1996年8月22日《深圳商报》
第七版《文化广场周刊》第51期

## “我整个人真有点昏了”

那天，他想去买一本英国18世纪作家奥利华·高尔斯密斯的《世界公民》。别人说，你去伦敦的福艾尔斯书店，那家书店很大。他去了。一推门，见里面不过“小店格局，四壁是书”而已，然而一转弯，他整个人真有点昏了：福艾尔斯真大得看不到整个店的尽头。他上到二楼，看到二楼又是一片汪洋的书海。他说，“我整个人真有点昏了”；他说，“逛了十几年书店，总觉得自己了不起，书店没什么了不起”；他说，“可是这回，我真正体会到书的威力，我体会到笔比枪更可怕……”

写文章老是“他说”“他说”的，不好！其实，我想说的是：深圳书城已经矗立在深圳了；深圳书城再有两个多月就要开业了；深圳书城将是深圳最大的书店；深圳书城开业之日，即是第七届全国书市开幕之时……等到那一天，深圳的读书人一推书城的门，不用拐弯，也许“整个人真有点昏了”；再上到二楼、三楼……“又是一片书的海洋”，也许“我整个人真有点昏了”！

乘震兄从上海发来稿子，报道8月上海书市的盛况，其中也提到进了上海展览中心他觉得“有点昏”，他说原因是天气太热，空气太闷、太浑浊，让人喘不过气来。有道理。但也不一定。十万种图书一下子铺展开，排山倒海的力量都有，人在其中，不昏才怪。书的威力高密度地集合在一起，空间再大，空气也会密不透风。说昏，不过就是说刹那间有了许多很强烈的感觉，心里有些东西受到了打击：这么多书，什么时候才能读完？这么多好书，我得有多少钱才能将它们搬回家？已经有了这么多的书，还用再写吗？也就是那一刹那间，著书的雄心，立说的豪情，阅读的方向，藏书的趣味……再难说有无，也难计多寡，剩下的差不多全是目瞪口呆了。成群结队的书真可能有这样的威力。但这一种昏，倒是一针绝妙的清醒剂，注射时会疼一下，一会儿就好了，就有点明白书店了不起，自己没什么了不起。换句话说，书的威力——“力”令智昏，要比利令智昏好很多：“力”令智昏可能使人清醒，利令智昏绝对让人疯狂。

书的威力之大小，往往和书店格局之大小有关系。当然，格局的大小不一定非要用书店的规模、面积来验证，但小店小铺也终难造就大格局。一间书屋可能会给人几缕书香，或使人得窥几瓣书魂，但当头棒喝的感觉却不易得。小书屋的书只展示魅力，大书店的书才显示威力。越来越多的都市感觉到需要这种威力了，报上说北京、上海、沈阳都在建新的大规模的书城。

说一座大格局的书城是一个城市的文化标志，说成了大气的书城是城里城外读书人的家园，都没错；但是，说一个大书城是最能使这个城市清醒的地方，最贴切。

将来的深圳书城能够陈列十万种图书，说大也够大的了。每天有十万种图书在书城集结待发，每天有数以万计的人在书城多多少少“有点昏”，深圳清醒的人想必会越来越多。在一棵树下乘凉和在森林里穿行，最后的结果肯定不一样。想想，这十万种图书中也许会有一本叫作“亚洲建筑”之类的画册吧，书中有图有文，图示亚洲各地的高楼大厦，文标楼层多少，楼高几何，我们只需翻一翻心中就有数了，这样，再盖一座什么“王”大厦，就不至于不明底细就妄称“亚洲第一”了。

书的威力大就大在这里：它救人于虚妄之中。

市新华书店的一位经理说，现在深圳许多人还不了解书城对于深圳的意义，不清楚第七届全国书市在深圳举行会引发一系列多么深刻的变化……

但愿他说错了。

1996年9月5日《深圳商报》

第七版《文化广场周刊》第53期

# 打开“边界”

比较文学这门学问，一生下来就命运不济。“比较”自然要跨国、跨文化，自己跟自己比，李白与杜甫比，不过是治学的一种手段，犯不着另立学科；但“跨度”一大，麻烦也就大了，按钱锺书先生的说法，这些麻烦起码包括“语言文字的挑衅性的障碍”和“山川陵谷的阻隔”（其实远不止于此）。另一大麻烦是，比较文学的“身份证”也似乎并不好办：它到底该划入哪一学科呢？它的腿脚好像很长，略一施展就跑到其他学科的“一亩三分地”去了。既无以名之，研究者们又不甘心，只好称它为“边缘学科”。如今比较文学又频频地向文化大送秋波了，倪鹤琴女士的“走笔”透露的正是这个消息。

搞边缘学科的人看问题也容易通透些。倪女士随稿附了一封信，其中提到她不大喜欢用“散文笔调”写学术文章，但因是编者的要求，也只好把她钟爱的“深度”与“学味”忍痛割舍了，于是很担心这样写是否不伦不类。她还说，“报纸文章固然不能与学术研究相提并论，然两者之间也并未横着一条鸿沟”；又认为《文化广场周刊》讨论文化，打开边界不是件坏事。处处以“边缘”的观点阐发己见，这肯定得益于她多年的比较文学研究。

“打开边界”，确乎是《文化广场周刊》的一大追求。希望作者们能用报章文体、散文笔调、随笔风格运载部分学术论文的内容给读者，这不过是要打开文体的边界，使得文章一方面有分量，一方面可读。当然倪女士的提醒也很有必要。她在信中说，行文讲究藻饰、可读性属理所当然，但切不要大写意地随意发挥，更不能“鸡毛蒜皮的一点儿小事竟成了文章的由头，作文化分析状，且大发议论，无限生发，似有藻饰，有可读性，读完都如坠云里雾中”。“边界”需要打开，打开之后确应“开门见山”，而不是“开门见雾”。但边缘地带常常是人迹罕至的地方，那里的奇山异水果真就云雾缭绕也未可知；或者初睹此景，一时模糊不清，“打开”的时间一长，兴许会慢慢清晰起来。

《文化广场周刊》立志要打开的边界其实很多，文体边界只是一端，他如“雅”与“俗”、“精英文化”与“大众文化”、“平民文学”与“贵族文学”、“文坛”与“商界”、“文化”与“物化”、“理想”与“经验”、“实用主义”与“终极关怀”、“修身养性之道”与“经世致用之术”、传统与现代、东方与西方等，向来有些“井水不犯河水”的味道，也就都是需要打开“边界”去看看的领域。既然是“广场”，“边界”理应少一些。当然，“空穴来风”不能刮，“发挥”不能太随意。

“东方书林俱乐部文库”新增一本罗兰·巴特的《一

个解构主义的文本》，译者汪耀进先生在书前的文章中说：“严谨的学术权威们像诸神一般在法国学坛的所谓‘巴塞侬’神庙各就各位，虎踞龙盘，巴特却甘愿在神庙外的台阶廊沿（他所津津乐道的‘边缘’）起舞弄清影，拣尽寒枝不肯栖。”罗兰·巴特早已是研究者们难以定位的思想大师，文学史家、神话学家、批评家、论战家、符号学家、结构主义者、享乐论者、作家、文士……哪顶帽子戴在他头上都显得小，而他却是哪一顶也不想戴。他一生的使命似乎就是打开“边界”。他能给《文化广场周刊》写些东西就好了，可惜他不仅打开了生与死的边界，而且一脚迈过去就不再回来。也还好，他早已成了比较文学研究者们追逐的对象——在比较文学和其他众多学科的学者眼中，生与死的边界照例也是不存在的。

1996年9月12日《深圳商报》
第七版《文化广场周刊》第54期

# “让我们重新开始吧”

情绪有时候像感冒，会在某个时期突然流行起来。感冒流行靠病毒一类的东西，情绪流行则靠语词。或者说，流行词汇正像流行的病毒，需要人们格外小心，一旦疏于提防，就可能“病从口入”。

时下的流行词汇，顺手可以举出的一个，是“说不”。书店里以“可以说不”“如何说不”为名的书已然不少，据说也很畅销。我们似乎接受这样一个说法：说“不”比说“是”困难；又有一些研究“国民性”的专家论证说，我们这个民族是个惯于说“是”的民族。其实，这些似是而非的“定论”，算不上是负责任的劝诫，顶多是一种流行情绪的生产。

大多数情况下，说“是”和说“不”与“敢不敢”无关，与“可以不可以”无关，与“会不会”也无关，更不好断言哪一个字更容易。真要在难易程度上给“不”与“是”做个区别，难的不会是说“不”，而是说“是”。盲目地说“是”，是以肯定面目出现的自我否定，与真正的“是”相距遥远；盲目地说“不”，是以否定面目出现的自以为是，比盲目地说“是”更好不到哪里去。堂堂正正地说出一个“是”字来，需要自信与勇气、理性与清醒，需要冷静的判断与智慧，怎么会容易呢？“不”与“是”之间，有着大片待开垦的领域，可惜提倡说“不”的人没这个耐心去耕耘，倒热衷于一脚就迈到极端。这当然值得理解与同情，因为人要极端起来很容易，不像在“不”与“是”之间权衡、选择一番那么费心劳神。如此，他们的“词典”中，贫瘠到只有“不”和“是”两个条目了。

说到词典，倒有几个人的“词典”值得说说。今天王绍培的文章中提到“私人词典”。看起来他是在说“不”，其实在说“是”。在公众话语空间中保留一本“私人词典”，正是充满自信的举动。“私人词典”不是简单的否定，而是意味深长的建设。韩少功的《马桥词典》结尾部分，有如下的话：“如果我们不希望交流成为一种互相抵消，互相磨灭，我们就必须对交流保持警觉和抗拒，在妥协中守护自己某种顽强的表达……”这里有三个关键词：希望—必须—守护。这可以视为对“是—不—是”逻辑的简练陈述：说“不”不是目的，“警觉和抗拒”是为了“在妥协中守护”，没有“自己的表达”，光说“不”，何用？

罗兰·巴特早有一部“词典”式的作品《恋人絮语》（又译为《一个解构主义的文本》），书中谈到爱情中的肯定（“是”）：

> 先是有情人遇上了意中人，于是便立即做出肯定（心理状态表现为痴迷，激动，亢奋，对美满前

景遐想瞻望）：对一切都报以肯定（一种盲目举动）。接着便是一段隧道里的摸索：最初的肯定不断地为疑虑所啮咬，对对方的挑剔不断地危及爱情的价值。这段时间，情绪低落，满腹怨艾，衣带渐宽。但我肯定能从这个隧道里钻出来，我能“挺过来”，也不会因此而告吹。当初我是怎样肯定的，我再次给予肯定……我对对方说：让我们重新开始吧！

不一定非要说“不”。说“让我们重新开始吧”或许更好一些。

1996年9月19日《深圳商报》

第七版《文化广场周刊》第55期

# “喂，你好！”

电话自然有烦人的时候，但比起它交流的功能与效率来，“烦人”也只能退居“小巫”的位置。编《文化广场周刊》年余，对电话的感激真是多之又多。与众多的师友、作者联系，当然应该写信。按一位朋友的设计，给老先生写信，该是宣纸信笺，工笔小楷，竖写繁体；更要紧的，是遵文言尺牍例，“文几”“座右”的要搞准，空格、抬头要有序；给年轻朋友写信，就简单多了，仿现代体例：开头是“你好”，结尾一“握手”就可以“再见”；来信人如写的是长信，当报之以千言，如是寥寥数语，当复之于短短几行……真要能做到这些，当然是连趣味带信函都可美不胜收，只是能力和精力都不会很配合。明知道靠电话联系会少许多趣味，但为效率计，也只能“自讨没趣”了。好在师友往往能理解，电话的“冷冰冰”偶尔也会从听筒里冒些热气出来。云乡先生每次来信均是“老规矩”，古色古香，有趣有韵，可我往往是一个电话打过去，先是求三问四，最后再道歉，“没能及时给您回信，还望您老……”之类的话说了不知多少遍，先生倒安慰我：“没关系，我知道你忙。”

也确实忙。忙就靠电话“救急”，回报是见效快。与吴筠没见过面，“见字如面”之类的信当然也不曾写，但因编发过她几篇稿子，觉得其文笔和见识当属“不可小瞧”之列，就打电话约写专栏。很快，专栏稿子寄来三篇。一一读毕，感觉还好，虽然离上乘之作还远，但在深圳一边忙着政府公文，一边能写些言从己出、从容不迫的小文章，已经不容易。

电话的一大妙处还在于没见过面的人通过电话就可

以很熟悉。同郭海鸿未曾谋面，但每次电话一来，已能听出是他了。反正是见不着面，分配任务也就不必碍于情面。几个月前便约他写打工文化的稿子，结果是其他的稿子他写了不少，谈好的稿子却迟迟不见。电话里再催再问，还好，终于来了。他不像一些“专家”“学者”动不动就在标题中标出“初探”“试论”以示谦虚，他只说他在“观察打工文化”，这反倒见出他的清醒。再说，这篇文章也当得起“观察”二字，不像那种故作姿态的文章，一开头便是“上下五千年，纵横数万里”，大有猛虎下山之势；看着看着，当初充耳可闻的虎啸之声不知什么时候已改了“咪咪”之音了。

余光中把电话说得最吓人，连“悚然惊魂”“恐怖电影”之类的词都用上了。他那篇名为《催魂铃》的文章真写得妙趣横生。不过电话既能惊魂、催魂，也就能安魂。到发稿时间，该来的稿子不来，那才惊魂。写“史印心痕”的李松樟则擅安魂之术。每星期一上午，他准会来个“电话通知”，一句“稿子刚传过去了，去取吧”，你的心才及时落地。不然，等着吧！北京冠生的电话也属安魂之类，电话一来，肯定稿子跟着来。今天“读书人”版的那篇《无人读过的〈韬奋文集〉》却是例外，是让人从北京捎来的。也许之前打过电话，不过没接到。

本期《文化广场周刊》的作者中，最不喜欢电话谈稿子的是姜威。他的《〈石语〉读札》一给就是七八篇，之后绝不再提，大有从此不屑一顾之势；最沉不住气的是邓康延，为了一篇《老照片新观察》文字的改动，他可以穷追不舍给你打一晚上电话，一直坚持到凌晨。最令人感动的大概是怕打扰我们而不打电话的人，像王永飚，稿子一篇又一篇，电话一个没有，也挺好。最令人气愤的大概是我们自己：有许多该打的电话没打，该接的电话没接，该回的电话没回，既疏于写信，电话又有这么多闪失，不该不该。这里一并打一个问候加道歉加感谢的纸上电话：

“喂，你好！”

1996年10月10日《深圳商报》

第七版《文化广场周刊》第58期

# 上联·下联

编完本期“广场沙龙”，想给这组稿子起个名字，几个人你一言我一语，竟想出一句“六作家七嘴八舌杂谈杂志”，还自觉是“一句绝妙的上联”，只是绞尽脑汁，也无人寻得到很贴切的下联。

倒是想起另一句也堪称“绝妙”的话。作家方方的谈话中也提到了这句话：“……办一份杂志真是不容易。难怪一个香港作家来访问，听说我在办杂志，便说在他们那里有一句笑谈，说是想要让一个人破产，便让他去办杂志。”

其实，这句“笑谈”并不是“他们那里”才有的，也不是现在才有，六七十年前，北京、上海一些办杂志的人也常拿这句笑谈来谈笑。让人感叹的是这句话竟有这么长的寿命。

在过去，这句话也许真有道理。几个人凑点钱，很容易出份杂志，办砸了当然破产，因被砸被封而破产更是常有的事。如今，我们的杂志眼看着越来越多，朱学勤的文章说“期刊总数已近万家”，似乎言之有据。这么多杂志，这么多人在办，只听说过有的杂志办不下去了，却没见过几个人真的破了产。所以那句笑谈也仅仅是笑谈而已。

我绝无盼人破产之意。我的意思是，如果那句话不是笑谈，如果真的有很多办刊物的人时时面临自身破产的危险，那我们的期刊质量说不定会提高得更快一些；说不定，地摊上乱七八糟的东西会少一些，可办可不办的刊物消失得会快一些，企业因应付四面八方办刊赞助而带来的负担会轻一些，靠国家的钱办不下去还要硬撑着的杂志会节省一些，好杂志就会多些，读者的胃口就会好些……

六作家中有几个人都提到了《天涯》。这也是很令人感叹的事。去年这个时候，赴海南组稿，听韩少功、蒋子丹谈《天涯》办刊设想，还没觉出有什么非同凡响之处。后来韩少功来信说"《天涯》想干点正事"，因尚未见到刊物真面目，也就想象不出这"点"正事有多大。现在《天涯》已出五期，到处一片赞扬声，令人又惊又喜。蒋子丹曾有《天涯》"宽容的与不宽容的"之说，大意是：宽容结论，但严格要求过程，对不严肃、不认真以及缺乏创造性的理论一律拒绝；宽容文体，但严格要求内涵，对一切空洞的、矫情的以及缺乏创造性的作品一律拒绝。蒋子丹说，《天涯》尊重多样性，但绝不原谅靠商业化炒作的胡说八道和无病呻吟。

有这种见识，《天涯》"想干点正事"的欲望应该能修成正果。得知深圳将有全国书市，蒋子丹电话中说要过来看看，我问：安排一次签名售书怎么样？她说，不卖书，我去卖《天涯》。有这种痴迷劲，《天涯》

肯定办得好。

现在办杂志，比任何时候都难。难在要面对商业化，面对市场竞争，面对越来越难以捉摸的读者口味。所以办刊物的人，常常有感慨万端的时候。北京刘梦溪先生几年来一直撑着一份纯学术杂志。在《中国文化》第5期“编后”中，梦溪先生说：“当本刊初创的时候，我们的愿望并没有这样奢侈，以为出版五期、六期，就已经很不错了。谁知今天居然能够以特大号庆贺她的五岁生日。”多少感慨！“五年十期，不足四百万字，其对中国文化和中国学术有关问题所做的探讨的局限，可想而知。已经做的，和想要做的、能够做的之间，尚有好大一段距离。”感慨之余，犹在检讨自己，这也是痴迷。

前些天李媚女士来电话，说她主持的《焦点》杂志质量在不断提高，但经济上的日子却不好过。深圳期刊界，李媚亦是一痴。先是把《现代摄影》折腾得远近闻名，现在又把《焦点》搞得红红火火。

猛然想起，办杂志的人办了一份好杂志，就仿佛出了一句绝妙的上联，这下联，是不该再由他们一边感慨一边穷于应对的。该我们大家来对下联。

1996 年 10 月 24 日《深圳商报》
第七版《文化广场周刊》第 60 期

# 百读者千言万语文论文化

当过多年编辑的人，才能真正体会编辑的甘苦，才可以把“甘苦”表达得这么到位：“杂志一掉进读者手中，杂志就等于是上了手术台了；编者则坐在手术室外的等候室里……这个时候，焦虑其实没用，手术迟早要弄完，成功不成功要在手术室里才决定得了，等候室里的人只有苦等的份儿。这还有什么好说的呢？”（董桥语）

坐在等候室里焦虑，也确实没什么好说的。不过等来的若是一句称赞、一些理解，心里也不免暗暗得意。

上期《文化广场周刊》刊出后，等来了深圳海外装饰工程公司王明飞先生的一封信。信中除称赞上期的“广场沙龙”外，还提到那句“六作家七嘴八舌杂谈杂志”的“上联”：“那条上联也妙。但是细一想，怎么六个作家却有七嘴八舌呢？是不是其中的某一位有双口双舌呢？”读这样的信很开心，像服了缓释胶囊，冲淡了一些“等候室里的焦虑”。王先生“笑谈”之后，对了一句下联说是“一读者二言三语商量商报”以自况。挺好。王先生接着写道：“商报的《文化广场周刊》办到如今，做出了许多成绩，也不是二言三语可以商量的。希望《文化广场周刊》能百尺竿头，更进一步，成为一个更加恢宏、更加开放的广场。”他提了一个建议：“百读者千言万语文论文化。”又来一“下联”！先不说平仄对不对，就这联中的意思，已经好极了。

关于深圳文化，《文化广场周刊》确实说了很多。尽管不时有人说话不大中听，但文化是大家的事，说话的人尽自己的一份义务而已，之外并无他意。倒是另外一种说法大可玩味。譬如说，“你们老是坐而论道，有什么用？要去操作。深圳文化眼下的关键是做，而不是说”。这话其实对了一半。仿佛对对子，给了上联，却冷落了下联。“关键”当然是“做”，但也必须“说”。冠生兄今天的文章中提出“边说边做”“说也是做”，把个中道理讲得明明白白，各位不妨一读。

荔枝公园的张老先生前些日子送来一份材料，说是公园要换新名称，已征集了不少，只等最后大家再商量商量，好最终圈定。“新”并非是谁兜里哗哗乱响的硬币，碰见该投币的时候都可以轻易地掏出来。要先说，先交流，先征集方案；然后筛选，比较，衡量；最后定出来的名称虽不一定尽如人意，但绝不至于很差。该说的在说，该做的在做，荔枝公园依然是荔枝公园，依然正常开放，依然游人如织，依然秩序井然，并未因更新旧内容、征集新名称，而把个好园子给荒废掉。

征集荔枝公园新名称，讨论深圳文化新走向，免不了有人“编新”，有人“述旧”，有人“刻古”，有人“雕今”，都正常。贾宝玉引古人“编新不如述旧，刻古终胜雕今”的话，其实连他自己都不大信的。也难怪贾政说他“方才众人编新，你又说不如述古；如今我们述古，你又说粗陋不妥”。新旧古今原本难分清楚，“不如”“终胜”云云未免嫌迂；况且“编”“述”“刻”“雕”，都不容易。贾政哪里知道，何时“编新”，何时“述古”，宝玉心中自有分寸。众人题“泻玉”，宝玉当然该说“泻玉”二字不如“沁芳”，众人题“淇水遗风”“睢园雅迹”，宝玉就该说“都似不妥”，“这太板腐了，莫若‘有凤来仪’四字”。众人都说“杏花村”好，宝玉也真的该说“村名若用‘杏花’二字，则俗陋不堪了……何不就用稻香村的妙？”但是，贾政却不该说宝玉“他未曾作，先要议论人家的好歹，可见就是个轻薄人”；更不该说，“无知的业障！你能知道几个古人，能记得几首熟诗，也敢在老先生前卖弄！你方才那些胡说的，不过是试你的清浊，取笑而已，你就认真了！”

宝玉可不认为这是在“取笑”。“大观园试才题对额”，宝玉认真得很。

1996年10月31日《深圳商报》

第七版《文化广场周刊》第61期

# 我们希望

第七届全国书市明天开幕，本刊“广场沙龙”紧急集合，邀请几位“广场作者”各抒己见，结果却惹得这一干人等诗意大发，仿佛他们的文思中本潜伏着一根极敏感的“诗神经”，因了书市的弹拨，竟不约而同地共振起来了。我们读这几篇文字，会发现“沙龙”的味道已经很淡，舞台的气氛反倒更浓——他们几乎把一个谈话的“客厅”，变成了一次诗意盎然的朗诵会。这不由得使人省悟：书市，原本就是读书人的节日；在他们心目中，书市，早已是一个诗意的存在。

大概是受了海德格尔们的影响，近来的读书人喜欢使用“诗意地安居”一类的句子。与其说这起因于玄妙的哲学沉思，倒不如说是发源于急切的现实呼唤。期望诗意降临，正验证了生活中诗意的不可缺少，同时也说明了诗意的不可多得。所以，在这个时候，以诗意的笔调写书城，以诗意的目光看书市，使用的都是难得一用的珍贵的情感，最终表达的，是一个普通而又重大的希望：希望书市是一篇平实感人的诗化文章，而不仅仅是一篇商业应用文；希望这篇文章的标题是诗一样的句子；希望文章的起承转合，有一些诗的手法；希望文章的字里行间，有充裕的地方可以安放众多渴望诗意的灵魂。这些希望，也同时寄托在书城身上，希望深圳书城，不仅是永不闭幕的书市，还是永远开放的“朗诵会”；这里不仅销售诗集，还大量地展示诗意；这里，完好地储存着一个城市的诗意资源，以至于平时一想起它，我们的生活中就多了几分安详与清醒，少了许多浮躁与虚妄，仿佛抬头看见了船，回头看见了岸。我们经常在深南大道的喧嚣中穿行，希望从明天以后，我们不再担心暴晒中找不到乘凉的地方，嘈杂中找不到清静的地方，饥渴中找不到泉涌的地方，风雨中找不到躲避的地方；希望只需悄悄地拐一个弯，就可以把自己围在书城里，整个人立刻变得很开心……

诗意往往与神圣相关。觉得某段时间内心中诗意充盈，那大多是心里装着一种神圣情感的缘故。这种情感常常纯粹且透明，执迷而不悟；这种情感并不指望因为神圣而获得什么，神圣就是为了神圣。真正的读书人就是这样对待书的——书在他们眼中不是手段，不是工具，不是途径；书本身就是目的，是生活，是生命的一部分；书有时给读书人带来的不是幸福，只是一种幸福感。幸福感不是别的，正是诗意。

读书人的目光穿透书页，执意去寻找诗意。他竭力要给书一种神圣的位置，所以才常常感叹“买不到好书”。对书市的希望，对书城的希望，其实都是对书的希望：希望书不会被粗暴地从“圣坛”上拉下来，不会被滥造成垃圾，不会被粗制成“赚钱机器”，不会被打扮得面目可憎，不会被装饰得艳不忍睹；书当然是商品，书毕竟还是书；书应该永远包含某种神圣性，出版业应该永远是神圣的事业。

读书人的诗意往往倾注在书店里，读书人的希望寄托在书店的每一格书架的每一本书中。书店像一个包装箱，里面装满这些诗意、希望和神圣。诗意可能会很薄，希望可能会很脆，神圣也容易失去光环——这些东西实在需要各方细心照顾。第七届全国书市即将开幕之际，《文化广场周刊》愿代表广大读书人向图书出版、印制、发行、管理诸方面表示敬意，还想以“广场沙龙”诗意的目光吸引大家注意盛满读书人种种情感的包装箱上的两行字，一行是“小心轻放”，一行是“谨防倒置”。

拜托了！

1996 年 11 月 7 日《深圳商报》
第七版《文化广场周刊》第 62 期

# 公共空间

家庭中的客厅本来是私人空间，但是到了十七八世纪，法国一些商人往往喜欢邀一些亲朋好友在客厅里搞私人聚会。来的都是客，不分主次；说的都是自己想说的话，未必能分出高低。于是哈贝马斯就说：沙龙，这种前所未有的、建立在平等的人际关系基础上的对话场所，逐渐形成了，而这就是现代意义上的公共空间的雏形。

现代意义上的公共空间，脱胎于传统的私人小天地，这一“化私为公”的转变大有可深解之处。不仅沙龙，在哈贝马斯看来，商会、俱乐部、咖啡馆、报纸等都属于公共空间。他认为，公共空间是一个社会生活的领域，人们可以在这里就他们所关心的问题进行自由的、平等的、理智的讨论。

不知在哈贝马斯看来，书店，算不算一种公共空间。料想应该算。人们进出书店是自由的（碰到书市时例外），买哪本书也是自由的（除非只展不卖），而书架上的书在读者面前拥有相同的权力与地位，不会有哪本书突然开口喝道：“呔，你必须买我回家，把我读完。”人们把自己喜欢的书买回家，想看就翻翻，不想看就放一边，这种交流也应该算“自由的、平等的、理智的”吧。虽然不是用嘴交流，但早有名言在先，“读一本好书，就是同高尚的人谈话”。可见读书是默读式的谈话；而谈话，往往就是朗诵式的读书。

如果书店也算公共空间，深圳书城的意义就更不可小瞧。听说，来深圳参加第七届全国书市的人都对深圳人的购书热情表示震惊。真正应震惊的其实不该是“购书热情”，而是深圳人对公共空间的渴望。一份调查分析说，图书消费是深圳唯一不分老幼、不关职业、不论男女的消费热点。如此，私人买书实质上该称作公共消费，这和私人客厅因办沙龙而成了公共空间多少有点像。

坚守这个“公共空间”，从此就成了我们大家的责任。有关方面已表示书市过后图书展销场所不挪作他用，且概不出租；深圳书城将是深圳永不闭幕的书市。果如是，深圳人有福了。一旦不如是，我们就该说，一个陌生人闯进了我们的客厅，一个入侵者强占了我们的空间。我们得谈一谈。

也许会去书城五楼的多功能厅去谈。既然是多功能，这个厅也是一个公共空间，可以开会，也可以座谈。开会和座谈应该不是一回事，尽管我们常说“开座谈会”。《文化广场周刊》作者座谈会开始前一小时，多功能厅的几十个沙发同向列成七八排，共同面对一个主席台做开会状。这不该是适合座谈的格局。于是几个人左挪右移，迅速用众沙发圈出一个方形，使所有坐在沙发上的人都可以互相面对，而大家共同面对的，就是名副其实的公共空间了。这才像一个“广场沙龙”，这样的沙龙才适合谈一些严肃的话题。张爱玲《双声》一文中说她和炎樱饭后谈话，“坐定了，长篇大论地说起话来；话题逐渐严肃起来的时候，她又说：‘你知道，我们这个很像一个座谈会了。’”我们的作者没有长篇大论，但话题一直严肃，“很像一个座谈会”。

闲聊，不会去这样的一个五楼。这样一个五楼的下面几层陈列着十万种图书。闲聊与座谈有时真不一样。伟大的约翰生博生有一天去参加一个沙龙，回来后包斯威尔问他：“你们是否谈得很愉快？”约翰生说：“不，我们没有谈话，我们只是聊得很愉快，因为没有讨论什么。”

不是聊天。《文化广场周刊》的作者们谈得很愉快，话题很严肃：

全国书市与深圳文化——如何守护我们每个人的公共空间？面对这样的话题，没法不严肃。

1996 年 11 月 14 日《深圳商报》

第七版《文化广场周刊》第 63 期

# 书市长短调

盼了一年多，盼来一个只十一天的全国书市。书市来得很慢，走得却很快，十一天只仿佛转眼之间，让人不由得认同童安格式的惆怅：“为何一转眼，时光飞逝如电……”书市飞逝而去了，我们也只好一边回味着那些“空前的热闹”，一边挥手送书市上路，祝它平安地走到下一个城市。

盼了十年多，盼来了一座巍然且威然的书城。书城照样是来得很慢，但它却不会马上离我们而去。它长驻在林立的商楼之间，占领着一块自己的天空，与地王大厦作一种“和而不同”的对峙。

书市的时间很短，书城的岁月还很长；深圳的全国书市很短，深圳自己的书市还很长。书城圆了很多人的梦，它本身就是深圳人的一本“梦想辞典”，上面有每一个爱书人自己的词条。这本辞典十几天内曾如此畅销，以至于我们担心它是否也会像坊间流行的畅销书那样，经不起一读再读。不，不会的，它该是一本常销不衰的畅销书。即使是一场梦吧，也该像童安格唱的：“就让这一场梦，没有醒来的时候……”

在一家证券公司打工的盛慧，书市期间四进书城。她的文章就写她四进书城的情感思绪，其中有快乐也有不快，读后使人感慨不已。她在附信中说：

虽然几经周折进了书城买到了自己喜欢的书，但心内仍有那么一点儿不快。不知道现在书城还要不要门票，是不是四点钟便停止接待读者……

看《文化广场周刊》有《写在书市》这样一个栏目，不禁有许多话欲说。于是，便拣“顺”的说了，“逆”的暂且搁下。

今天贺承军的文章中也有类似的意思：书市书城尚有不尽如人意的地方，但书市书城仍值得我们“为它的到来而大唱赞歌”。这样一种情怀实在令人欣慰。书市当然不会十全十美；书城有许多长处，也会有短处。书市前几天如果没有“全副武装的警察”，再大的书城也承载不起汹涌而来的购书热情。好在书城不会随书市而去，风平浪静之后，相信它会给我们越来越多的快乐。多想、多说一些书市的长处，“‘逆’的暂且搁下”，正说明我们为了快乐已能忍受一些不快。“暂且搁下”并非从此“按下不表”，对一件事到了什么话都不愿说的田地，心离绝望已经不远；“暂且搁下”不过是“充满希望”的另一种说法，忍受不快当然是希望享受快乐，正如钱锺书的话：“我们希望它来，希望它留，希望它再来。”

文化不是“武化”，文化上的事需要一点“文”的心态，太急、太躁都不好。长短不分往往会导致是非莫辨，此处关节格外值得人们当心。

书的生命，长短之悬殊犹如天壤。书市期间数次进出书城，对此又增几分感叹。那些读过的、翻过的，或者曾擦肩而过以至于缘悭一面的好书，依然在书城稳稳地站立。有些还是旧时模样；有的改了新妆，换了打扮；有的骨骼已重组，血肉已新生，仿佛旧枝生了新芽，新知代替了旧相识。见到这些书，觉得好书的生命真是很长，长得这么执着，这么不顾一切，几千年，几百年，几十年，一代一代地延续下来，还要一代一代传下去。而许多所谓“新书”，整整齐齐地摆在书架上，无人问津，无人碰触。它们的生命竟这么短暂，刚刚出生，生命之旅就已经停滞了，或者，通往造纸厂的旅程过早地开始了。这些寂寞的“新书”正是粗制滥造的活见证，或者沽名钓誉的死标本。

在长命的好书面前，我们觉得自己的生命很短。飞逝的光阴无法让我们从容地与它们一一亲近；看不完的书恰如还不完的债，这笔债虽无人催还，但心中照旧是长存欠意与歉意。而在短命的书前，我们又觉得生命太长。同这样的书晤对，真如“一个失眠的晚上，或者有约不来的下午，或者一课沉闷的听讲”，足以让你真切体会“度日如年”的真义，或者就像钱锺书说的：“能使你尝到什么叫做‘永生’的滋味。”

星期六逛书城，见到许多朋友。这些人平日难得一见，约都不一定能约齐，但大家不约而同地在书城见面了。所谓“书市是读书人的节日”，真是不假。不忍打扰他们猎书寻宝的兴致，没有一一地打招呼，心里却是一番长吁短叹：一来觉得生命很短，朋友们读书、爱书，均是同好同道，可我们一生同朋友相处的时间才有多少呢？二来又觉得生命很长，看见他们在书海里流连，自己生命中就多了一些内容，短暂的生命会因此延长很多。画家们常说的“包孕丰富的片刻”，诗人们常咏叹的“刹那间的永恒”，都和这个意思差不多。

1996年11月21日《深圳商报》
第七版《文化广场周刊》第64期

# 相见·想见

书缘与人缘一样地不可捉摸，读书与交友都会有相见恨晚的时候。前几年读余光中《沙田七友记》，知散文高手中尚有陈之藩其人，但直到前几天，朋友赠《陈之藩散文集》，才得识陈之藩其文。如新逢知己，一见之下，陡增感慨，此时也只有“相见恨晚”四字，略可表其一二。

陈之藩四十多年前赴美留学，他那时写的《旅美小简》至今还常被人提起。这本小书中有三篇都提到普林斯顿高等研究所。

这个研究所被命名为“智者的旅栈”，是让智者休息、乘凉、聊天的地方。爱因斯坦做过那里的常客，汤因比也曾在那里小住。陈之藩说：“研究所方面并不计较这些‘旅客’的工作，只是供给他们安适的环境与闲暇的时间，让他们去思想，去做灵魂深处的探险工作。”

1956 年 8 月的一天，陈之藩想去看看这个研究所究竟大到什么样子，结果却发现那不过是一个令人无法想象的小楼：

楼前是一片广场，楼后也是一片广场，孤零零的一幢小红楼……

我走入第一层，见两位数学家正在破皮沙发上下棋。墙上挂着一幅中国人物画，桌上有一堆报纸杂志……上二楼，已是图书室了，过道里全是书。转三楼，也是书。上四楼是一个餐厅，放着一二十张小桌子，茶几上还有一个日本制的泥娃娃……

以“现代眼光”看来，这么一幢小楼应该装修成豪华别墅，或干脆炸掉修个附设高尔夫球场的度假村才是。理由有三：其一，如此使用这么一个地方，经济效益太差；其二，放任一批人自己找题目研究，自由支配时间，又乘凉又聊天，定是养了一批闲人无疑；其三，这批人研究的大都是“无用之学”，即使能成“果”，未必能成“功”。

我们也许想不到，研究所的设立，正是针对这三种观念而来。

其一，美国经济迅速繁荣，一些有识之士发现，美国虽然不缺钱，但缺乏文化科技方面的领袖人才，“缺乏智慧的花朵”。一些最优秀的人才，不是由欧洲学校给训练出来的，就是由欧洲流亡来的。正像我们曾忧虑深圳缺乏文化大师，急于要“引进”一样，他们也迫切需要自己的具有综合眼光的领袖人才，但他们的方法之一是先建立“闲人请进”的研究所，先种上遮风挡雨的大树，让学者们在安适、悠闲的环境中“迸放出智慧的火花，以映照这个时代”。其二，一个健全的社会，未必需要所有人都时时事事忙得颠三倒四，得有一些“闲人”坐下来正正经经地读书，从容不迫地思考问题。“有心人发现这个从生忙到死的社会，要埋没许多智慧的天才，于是才创出普林斯顿高等研究所。这是美国唯一不忙的地方……”其三，追求成功的念头在生存竞争的压力下容易让人变得急功近利，美国人正是争先恐后地急于成功。“总得让一些人做无用之用的事”，于是，普林斯顿高等研究所成了研究“无用之学”的学者们安静思想、平安吃饭的地方。

陈之藩由此感叹道：“大的创造性思想，大的政治理念，大的文艺作品，是现在人类最需要的东西，而这种东西，有的需要面壁十年，有的需要沉思一世，有的需要尽毕生之力，这些全不是立竿见影的成功，也全不是匆匆忙忙的乱跑所找得到的。”

行文至此，该到了“联系实际”的时候，却觉得除说一句“深圳也应有这么一个研究所”外，并无其他话可说。至于同“智者的客栈”相见恨晚的事，当然也不敢想得太多：眼下是“想见”而已，“相见”恐怕还得等；

只要不是相见很晚就谢天谢地了。

1996年11月28日《深圳商报》

第七版《文化广场周刊》第65期

# 就这么简单

深圳是不是“文化沙漠”？有的说是，有的说不是，各持己见，于是争论。争论一下当然可以，其实不争也可以。“沙漠”“绿洲”之类的说法，不是单位的职称，可以争取得来；也不是法庭的罪状，可以论个明白。不过就是顶晚会上的礼帽，不一定非戴上不可。与其担心头上的帽子，倒不如关心一下自己，比如问一问：自己心中究竟有多少文化的绿意？心底还晃动着几团文化的影子？心田又新栽了几棵树？又新莳了几盆花？

这很重要。一城一市的文化状态取决于生活于其中的人们的文化心态。一颗一颗的心都被一场一场的热风吹得沙化了，这个城市的文化就再无绿化的希望。不管寻梦还是淘金，缤纷杂色之外，自己心中如能保持或坚守一块绿地，也就有了自己的眼光，大可不必再借别人之眼看身边的生活。

说到底，这是一个自己常存文化情怀的问题。就这么简单。常存文化情怀，不管生活在何处，南方还是北方，故土还是异邦，都会自我滋生出些许绿意，不会只因为离了一方水土就满目的残山剩水，满心的枯枝败叶。靳飞兄居京时被人戏称“文化遗少”，他确是京城一帮文化老人的“掌上明珠”与“贴身记者”。他著了不少文，费了不少力，花了许多时间与金钱，干了一些别人看来愚不可及的事，不为别的，就为那份文化情怀。就这么简单。两年前他东渡日本，两年间电话却不断西来。也常有文稿寄来《文化广场周刊》，大都感叹在东京找不到家的感觉。距万里之遥，与张中行先生通话，他只是为打电话而打电话，“照例是没有非要通国际电话不可的事”，结果还得张中行先生替他担心花费太多，“还说哪？这都十七八分钟了，行了。”但靳飞觉得不行，他想念行翁，“东京的朋友们知道，大凡我开口，三句话以内必要提张中行。这委实是不自主的。”

文化情怀一旦在心里扎了根，就真的成了不由自主的东西，仿佛你邀了一位知友来家，结果他倒反客为主了，情感言行都要听他的。陈之藩连续几个暑假都在美国的波士顿度过。他说他不由自主地喜欢上了波士顿的查理河，他说他到波士顿的当天，即使已到黄昏，也是先到查理河报到。“临走的那天，必也是依依不舍地看一眼再走。至于在波士顿一天，必早晚到河边漫步两次，那是不必说了。”

“从朗法罗桥开始，走波士顿这边，我忽然觉得走到杜甫的诗里，那不是‘柳阴路曲’吗？可是你往右一望，水与岸平，河水轻拍岸旁小石的声音，清晰可闻，我又好像走到苏轼的赋中，这不是‘水波不兴’吗？……有时我握一握柔和的柳枝，想起满城春色，想起晓风残月，想起枝头新绿的古代，想起生意盎然的诗人……”

这样的一种文化情怀，不由自主地浸染了异国的山水，其他的真“不必说了”。

文化，说起来很复杂；具体到一个城市的文化建设，更复杂，难免有歧见，需争论。但具体到一个文化人身上，说很简单应该可以：就是要常存这样的一种文化情怀。有了，会“不自主”；没有，装也装不像。今天的这组“生活在南方”，三位作者真情坦露一己情怀。许多人想念北方的雪，但张清想雪，也想文化与环境、与自然关系；别人看电影就是看电影，但太阿在广场上看电影却想起边城的打谷场，觉得大剧院广场是比边城更为广阔的打谷场；别人乘车骑车行色匆匆，孙海偏偏没事找事地骑单车穿越深南大道五小时，就为了“切入另一个频道，为着文化而思考”……

说简单也真的简单：文化情怀是歌里唱的“望着身边的你，想起另一张面孔”，是诗里写的“相见亦无事，别来常思君”，是“没事找事”地“切入另一个频道”，是“为打电话而打电话”……就这么简单。

1996年12月5日《深圳商报》
第七版《文化广场周刊》第66期

# 这样的一个晚上

报纸上各种图片的需求量越来越大了。“可是好照片却越来越少！”已经过了晚上截稿时间，编辑这一会儿正有点火，“说好马上送来的照片到现在还不来，怎么办？”没办法。等吧。

终于来了。编辑不看便罢，一看火气更大了：“怎么搞的，又是高楼大厦？这么大个城市，拍点别的不行吗？”

“还有别的吗？”摄影记者不慌不忙地又放下几张

都市风景照片，然后背起又大又重的摄影包，摇摇晃晃地走了，仿佛一座摩天大厦被风吹了一下，在设计许可的范围内做着适度的摇摆。

不能说这几张照片不漂亮。国贸。地王。一大堆大厦……大厦中间车水马龙，夜景。大厦变成了星空。车灯、路灯也做了特殊处理，街道成了彩带……

真没办法。编辑扫了一眼窗外的城市夜景。初来深圳的外地人，不也都对着深圳的鳞次栉比、灯红酒绿惊叹不已？

可是……可是这样的一个晚上吴家骅、孙振华两位博士突然想起要谈谈他们生活的这个城市，要谈谈这个城市的形象设计。摄影机拍到的，自己眼睛看到的，现代的，古典的，后现代的，新古典的，这个城市几乎所有的特色建筑都仿佛积木似的堆在了他们面前。吴家骅实在忍不住了：深圳尚未形成自己的建筑格调，“不少建筑的头上都竖两个‘小辫子’，显得滑稽，这是缺乏建筑文化的表现……”孙振华点头称是：“对城市形象而言，最要紧的还是它的品位和特色。现在深圳的城市空间还没有形成引人入胜的视觉走廊……”两个人越谈越来精神了，“说到底，城市设计应该体现对人的关怀，表现出城市的精神、特别的品质……”

夜，像登上了大厦里的高速电梯，在迅速地升高。这样的一个晚上，陈之藩住在波士顿哈佛桥旁的一个旅馆里。已经是第四次来这里了，每次都觉得像初来乍到那么新鲜。放下手中白居易的诗卷，走到窗前：噢，对面就是那个历史悠久的老教堂了。这个教堂前些日子失了火，烧得只剩四壁。这四壁用各式各样的支柱架在那里。听人说，这烧煳的四壁中间要再起一座新楼，但这旧的四壁仍会保留，成为新建筑的一部分。楼成之后，该又是一个景观。波士顿人何以有如此高的品位？何以有如此特异的风格？对对，那位研究屠格涅夫作品的专家不是说了这么两句话：是多少多少年的历史，才产生一点传统；是多少多少年的传统，才产生一点风格。也难怪，品位、风格，实际上是一套综合价值观念，它是长时间的空气培养出来的；它需要一些有风格、有品位的人物，慢慢地把历史变成传统，把传统化成风格……陈之藩收回目光和思路：天不早了，一会儿就该去查理河旁欣赏早晨的奇景了。

天确实不早了。这样的一个晚上，为风格、品位这些与生计不甚相干的问题绞尽脑汁，真是何苦。颐武兄来稿竟说韩少功的《马桥词典》是抄袭、模仿塞尔维亚作家米洛·拉德·帕维奇1984年写的那本《哈扎尔词典》。其实不能这么说。即使这两部“辞典小说”在形式上有些渊源关系又有什么关系？关键是内容，是品位，是风格。风格、品位不可能来源于抄袭，但绝离不开借鉴，向古代、当代、东方、西方借鉴都可以，仿佛技艺高超的调酒师，最终调出自己的味道就行了。

一人一文一城一地都要有自己的风格、自己的味道才好，但随时随地保持对人的关怀才最重要。“是不是这样的晚上你也会这样地想起我？”问的人与被问的人都得有这份情怀。不然谈什么品位，说什么风格！

1996年12月12日《深圳商报》
第七版《文化广场周刊》第67期

# 群　落

在《中国的社与会》一书中，陈宝良把中国传统社会中的文化生活型会社分成六类，即文人结社、讲学会、怡老会、宗教结社、社会与庙会、风俗会社。在分析其中的文化结社时，陈宝良说：文人的聚会结社，大致以兴趣相投为基础，既有吟风弄月这种以满足个人心性愉悦为目的的赏心乐事（如诗社），又有以揣摩时文风气作为日后进身之阶的功利性目的（如文社、文会）。无论以何种目的结合，文人社团的出现，事实上都在诗文或时文上造成了一定的声势，并进而形成一时的风气，而这些又均成为当时文化的主要内容。

然而时过境迁。当代都市的建筑森林里已无多少空间供人吟风弄月；八股文也再帮不了士人入仕的忙，“进身之阶”早成空中楼阁；MTV也许能让人心情愉悦，但离“赏心乐事”则远得很。令人惊讶的是时代变了又变，文化人喜好聚谈、渴慕交流、追求理解、寄望沟通的性情却不变。传统的社团形式衰落了，近世的组织形式虚空了，于是就呼唤新的交流方式的出现。毕竟，“形成一时的风气”，“成为当时文化的主要内容”，不纯是文化人的自我消遣，而是天性加天职。

秋雨先生赴境外访问，道经深圳。前几天陪他去深圳书城，路上听他谈起文化人的群落问题。大意是我们熟悉的一些文化人的组织形式其实已经名不副实，当今的文化群落正在重组，许多有很新鲜的生命力的群落已显雏形。他说这是他这段时间一直在思考的问题。

群落先前是生物学术语，后来入了社会学户籍，如今转投文化学的怀抱，有趣得很。也巧得很，今天王永飚的文章也正是谈文化群落，他说他不明白深圳集中了那么多来自全国的高学历人才，为什么却得不到聚合并进而形成文化群落？他甚至认为文化群落的最终形成和存在，是深圳特区文化稳稳地站立的标志。他断定他心目中的文化群落在北京、上海、广州等地是存在着的，而且造成了类似文化中心的气象。

当然这只是一家之言。但按这思路想下去，我们却无法回避时间与空间在文化群落形成中的作用。生物学中有“群落交错区”的概念，指的是那些在两个不同植物群落之间的植被过渡区，区内具有相邻群落的一些特征，并且常常有一些两侧群落所没有的物种；两个群落在此交混，相互影响，产生着边缘效应。人不是简单的生物，文化也不算是物种一类的东西，但“交错区”的概念仍引人遐想，“边缘效应”更令人深思。深圳是一个全新的环境，各种群落在这里交错的时间还不够长；有“边缘效应”，但效果如何尚需时间证明。

在一个地方生活惯了的人，一旦面临“人生地不熟”的环境，难免有失落之感，但不宜显急躁之态。先把新地方的人文生态环境观察清楚再做决断不迟。早年过惯了伦敦沙龙生活的英国公务员，一到当时的英国殖民地马来亚，就想到要建立狩猎俱乐部，只可惜荒山上无猎可狩；又建了会所，可惜在那里喝酒喝不出伦敦的味道，“掺了苏打水的威士忌不断从毛孔里淌出来”。“那些人太寂寞了，”董桥说，“要适应新的环境，要解决新的问题，那些人付出了不太小的代价。”其实生活无法机械地复制，群落也不可能简单地移植。想到深圳应有新的文化群落，创造的努力就已经开始，只是其中必包含着适应与寻找。适应不能是枯萎，不能是“逃避现实的不负责任的旁观者姿态”；真要如此，代价就真的太大了。适应的目标该是生长，是寻找，是“在沟通和相互支持间寻求相似的话语和一致的精神”，是大家一起“形成一时的风气”，“成为当时文化的主要内容”。

几个小时前接朋友电话，说打算搞一个定期聚会，给大家提供交流的方便，但第一次筹备就有了麻烦。征求意见时，大家都说不知道该谈什么话题。朋友说干脆就把话题定为“寻找话题”算了。

“算了”不行，这个话题就很好。文化群落的重组肯定要从“寻找”开始。

1996年12月19日《深圳商报》

第七版《文化广场周刊》第68期

# 门里门外

把外出旅行称为“出门”，证明了我们对家的看重，因为出门，大抵就是出家门的意思。把新年伊始的好兆头称作“开门红”，则暴露了我们一贯乐观的习性：仿佛我们一直把每一年都当作一间屋子，辞旧迎新，无非是出了这门进那门；“开门”如果能“红”，这一年照例该奋不顾身地“红”下去。还有一句话，叫“穷家富路”，意思大概是家再穷也要舍得在路上破费，这其实暗示着“出门苦”。空间上提防“出门苦”，时间上追求“开门红”，这样的时空甘苦观真说得上意味深长。

深究起来，出门虽然苦，也还有甜的时候。孤身在外，有所牵挂，还可以打个电话给思念的人，写封信邮寄到家门。而新年的门，一旦跨进去，就仿佛接到了战场上指挥官的命令，“只能进，不能退”；旧的一年的门不但一关就不再开，而且一闪就不再有。打个电话，不会有个叫1996的人接听，写封家书，也没有位叫1996的先生可以收到，似乎1996年住的地方刹那间成了违章建筑，迅速给拆掉了，邮路也跟着断了线。

新年钟声原来就是旧的一年的关门声，或者新的一年的敲门声，钟声响过，新年的大门“哗”的一下就开了。再过几天，1997年的大门会“哗”的一下洞开。眼下正是我们收拾行装匆匆走出1996、对着1997跃跃欲试的时候，《文化广场周刊》谨在此祝愿各位出门不苦，开门即红。

有人出门，往往就有人送行。过去是灞桥折柳，现在是机场话别，送法不同，关怀的感情是一样的 。如此说来，大大小小的新年聚会，其实就是集体送别的仪式，只不过别的是时间，送的是自己和他人，送行的关怀就成了自我关怀与互相关怀。临出门而无送行的关怀，心情肯定不好。北京新开的韬奋图书中心，每到营业时间快结束时，会有一个柔美的声音在倾诉般的背景音乐中传来，那声音说："各位读者，现在离营业结束时间还有10分钟，请大家安心选书，我们会继续为您服务。"真是会说话！听见这话的人明白那声音的真实意思，但心里还是很感动，觉得店主人并非在用手推你出门，而是挽着你的手散步，不知不觉就到了门口。出得门来，还免不了要回回头，显出依依不舍的样子，心里奇怪人家何以能做得这么周到、这么体贴，完全不像另外的一种送行办法："本书城今天的营业时间已到，请大家迅速到二楼付款……"一派政论口气，让人觉得自己不小心闯入了一个禁区。我们可以猜测，时间老人肯定有很高的文化素养，我们告别它，它也会学第一种声音为我们送行："人们啊，我爱你们！现在离1997年还剩几天，请大家安心生活，我会继续为你们服务。”难以想象，它若是生硬地要求我们迅速到什么地方去付款，我们该怎么办。

深圳“猎奇门”创作了一首歌，有几句歌词不妨先借过来，算是《文化广场周刊》送各位出1996年大门的话：

门外的世界是不是很冷／门外的你是不是很孤单／孤单的心中是不是还有梦幻／梦中的人是不是你的永远／……／有一扇门／永远为你敞开／让我们一起／把孤独关在门外

1996年12月26日《深圳商报》

第七版《文化广场周刊》第69期

第三辑

# 写于1997

# “我不甘心我的笔舞不出自己的风格”

明飞先生前些日子打电话来，说有篇东西交我们发表，但需当面谈谈，理由是怕电话里说不清楚。一天下午，他如约而至，先送上两份用电脑打得清清爽爽的文稿，然后掏出一张纸，边看边从容不迫地讲起来。文稿是他参加深圳荔枝公园公开征名活动的应征方案；那张纸上，则记着“当面谈谈”时备忘的思路要点。如此郑重的态度叫人感动，而他的应征方案也令我大感兴趣。我一向认为公园征名之事不可小看，需要“大看”：该把它看成文化深圳范畴里的一次命名活动才是。深圳文化必会创造出越来越多的“新景点”，如何命名牵扯到文化态度、文化表达、文化姿势等诸多大关节，随便不得。后来我对明飞先生说，与其把方案登出来，不如把那份谈话提纲整理一下，“你的一些观点有意思极了，比一块石头该叫什么名字更有意思”。他答应了，文章也很快写了来。前天下午，把文章编好，正要发稿，又接到他的电话。我问起文章末尾如何“命名”他的职业，是“文化工作者”，还是“企业员工”？他说，就写“企业员工”吧，“不过我马上就失业了，公司裁员，我需另找工作”。

我一时不知说什么好。一个“饭碗”朝不保夕的人，如此关心着命名文化的事，这也算是深圳文化的“新景点”吧。该怎样为这个景点命名呢？关怀文化，眼下还不是名利双收的胜业，以后也不大可能是。是什么在滋润着许许多多像明飞先生这样的深圳人的文化目光呢？是信心！对深圳、对文化的一种信心。

人一旦文化起来，就踏上了一条寂寞的路；没有信心，难以支撑下去。这种信心源自传统，发自现实，面向将来。有了信心，常常就有所不忍，有所不舍，有所不甘；工作可以不计得失，想做的事却定求有所成，想说的话也必欲吐之而后快。海帆先生赠我一本他的新著《人文的天空》，书的后记写得情真意切，好过书中的许多篇章。后记开篇即是哈姆雷特式的提问："出书，还是不出书，这是一个问题。"他说："每当我翻着一些看过去就忘的书，总觉得这些年出的赝品（乃至垃圾）实在不少，而我还有必要'列'于其中吗？……然而一边这样反问着自己，一边又还是情不自禁地在电脑上敲字，这也许就是鲁迅先生所说的'积习'了。"海帆先生说，"积习"是自嘲，"情不自禁"才是实情。情既不能禁，什么样的环境下都可别有怀抱，另存寄托，许多事真的就可以不在乎。海帆先生说："你在写自己的书，你就不在乎谁谁谁已提了局长或处长了，谁谁谁又买了一栋房开上了奔驰车了，股票又全线飘红或开始跳水了……”

抬头仰望人文的天空，俯首耕耘自己的园地，俯仰之间，需要点知堂老人的通透与自信：“种果蔬也罢，种药材也罢——种蔷薇地丁也罢，只要本了他个人的自觉，在他认定的不论大小的地面上，用了力量去耕种，便都是尽了他的天职了。”董桥非常喜欢周汉生先生的竹雕，称周汉生是寂寞的艺术家，其竹雕作品“不但直攀圆雕的最高境界，而且胸中自有风规，韵味应刀而生”。一件《荷塘牧牛》笔筒，一尊《藏女》，董桥先生均设法购置珍藏。“我朝夕对着周先生的作品，看着嫩黄的竹色渐渐泛起枣红的光彩，总是希望自己的文字也创出不觉其新的新风格。”他接着写道，周汉生先生的刀“在中国传统竹刻艺术的领域里刻出自己的道路；我不甘心我的笔舞不出自己的风格”。

真的需要有这种信心。有这盏灯照着，人文的天空中才不至于忽明忽暗；自己的园地里也不至于无种无收。就算一时半会儿“舞不出自己的风格”，也该想想那句听起来既满不在乎又信心百倍的广告词——“没什么大不了的”。

1997年1月9日《深圳商报》

第七版《文化广场周刊》第71期

# 谁会忍心往红酒里掺酒精

乘震前几天来深，谈起他替《文化广场周刊》转交稿费给柯灵老一事。“那天上海正下大雨，”他说，“到柯老家时，天都有些黑了。来开门的是柯老的夫人。我把报纸与稿费给她，她说稿子编发得挺好，谢谢了。我问：‘柯老在家吗？’柯夫人说：‘正写东西呢，我去叫他。’我连忙拦住，低声说不惊动老先生了，随即告辞。出门时，见书房的门半开着，我小心翼翼地往里望一眼，看到了昏黄的灯光下柯老奋笔疾书的侧影……”乘震反复地说："我实在不忍心惊动他老人家！"

"不忍"二字，十足是这一场面的点睛之笔。说"不敢"，可能是尊敬；说"不忍"，尊敬之外，多了情怀，多了暖意。这与外面凄冷的雨天没关系，与心中的文化良知有关联。李春燕早已是远近闻名的青年企业家，近来正迷恋于酿酒；说起啤酒、红酒，俨然专家。那天谈到名贵的法国红酒，她也用了"不忍"二字。她说，宴会上或者家里，如要喝一瓶珍藏多年的红酒，讲究是很多的。"酒一捧出，满桌须静默，仿佛一位饱经沧桑的老人端坐桌上，你都不忍吵吵嚷嚷地惊动它；然后开瓶，等上十几分钟，再斟入杯中，细细品尝另一种生命。"以前只听说红酒文化精致得很，但精致得这么温情，没想到。

现代人真是需要多一些诚意，多一些敬的心态，多一些"不忍"的情怀，不然文化就无处栖身了。不忍文化破碎，所以修补；不忍它变味，所以珍藏；不忍它受惊吓，所以沉默；不忍它被玷污，所以擦拭。商海股市可以斗胆斗狠，培养文化则要温情脉脉、小心翼翼才好。余秋雨先生最近在台湾演讲，提出“文化就是一种对空间和时间的负责行为”，文化人首先应有强烈的负责任的精神，据此对这个世界提供真实而有道义的精神方式，并将这种精神广为传播，落实在每一个人的生命当中。文化事关“精神”“真实”“道义”“生命”，岂能儿戏？但是，我们身边的一些所谓“文化”过于琐碎，往往没有减少社会的无序，反而增加了失序；不是传播真实，而是制造谣言。于是秋雨先生说，文化人应多到文化现场去，“让自己的生命去到一个更大的空间，去面对真实，体验非经抽象文字传播而扭曲的文化现场，挖掘自己内心深处所涌现的现场感”。

“文化现场”一词颇堪玩味。到文化现场转一圈，现场感可能会涌现，但这并不能保证感觉的真实。不仅“抽象文字”会扭曲真实，人的文化态度一样可以令高山低头，河水改道。于是文化现场往往变成文化战场。《明史》说李自成 1645 年死于湖北通城九宫山，当代的一些历史学家则说“闯王”死于湖北的通山县九宫山。湖南的石门县对此不予理会，他们根据传说坚信李自成在大顺军失败后遁迹石门县夹山寺为僧，并终老于此。于是，两湖争相搭建“文化现场”，各有规模宏大的闯王陵，一个比一个气派。一位历史学家不由得大为感叹：“李自成的归宿，本不值得历史学家们投入这么大的精力，20世纪50年代的讨论固然与当时农民战争史的特殊地位有关，但总还算是学术研究，20世纪80年代以来的论战几乎没有什么学术的味道了。”可是没什么学术味道的争论似乎愈来愈多，“文化战场”上硝烟弥漫，热闹得很。争论双方往往为了好看，吵个不休；起先还有个剧本提示台词，到得后来，情绪激昂得全靠临场发挥，浑忘了当初该不该争，值不值得争。至于“应该怎么争”，根本顾不上想。

当然需要对话，当然需要争论，但争论的话题要有点意思。对话与争论可以如火如荼，但一定不能发展成“无理取闹”与“人身攻击”。不然，对话就对得太不像话了。仿佛配颜色，该往和谐处靠拢，而不是一味地一边红到极点，一边绿到极点。“红绿对照，有一种可喜的刺激性。可是太直率的对照，大红大绿，就像圣诞树似的，缺少回味。”许多论争只有“对照”，没有回味，枉费口舌与版面。张爱玲接着说：“古人的对照不是绝对的，而是参差的对照，譬如说：宝蓝配苹果绿，松花色配大红，葱绿配桃红。”张爱玲甚至说现代的中国人还不如从前的人懂得配颜色，“我们已经忘记了从前所知道的”。

有些东西确实忘记了，有些则从没知道过，需要学习。法国人可以喝红酒，中国人一样可以喝。喝不惯酸涩味，可以加点柠檬，加点七喜，加点雪碧，加点衡水老白干也没什么不可以。这不是照搬，是在调制自己喜欢的味道。但千万不要往红酒里掺工业酒精：李自成死在哪里没什么要紧；要紧的是，柯灵老先生的那篇文章还没写完，秋雨先生的那篇阐述文化争论无伤害性原则的讲演稿还没整理好，《马桥词典》嘛，也真的是一部非常出色的长篇小说……

1997年1月30日《深圳商报》
第七版《文化广场周刊》第74期

# 画外话

明天就是大年初一，这会儿说拜年的话，算不上早，当然也不晚。中国人过了几千年的年，拜年的话早已自成系统，洋洋大观。说简单的，“恭喜”二字足矣；想说得复杂，千言万语也未必够。《文化广场周刊》想给各位新老朋友拜年，要说的话争相涌来，挤得笔下一时语塞。忽然想起“一图胜千言”的古训，就请建明兄为我们绘制一张新春贺卡。有形的拜年画载着无声的拜年话，从“广场”上出发了，愿所有的朋友都能收到我们真诚的新春祝愿。

一年的工作是写在岁月上的语意完整的句子，春节假期仿佛是文章中的省略号，似断实连，连接着岁尾年初，冬去春来。但仍有在省略号间做文章的。李春光、余兵、胡建三位中学教师前几天来编辑部，说他们将利用年三十、年初一、年初二几天在罗芳中学举办一个半开放型的装置艺术展，还要组织民间学术交流活动。展览的主题是“人文危机的后现代性”“知识分子的责任和身份”“知识的批判及对应策略”等。他们说深圳的文化人平日很忙，春节几天假期正该多活动，多交流。他们的意思是机关停止办公，股市也在休息，文化却没有假期。

文化确实没有假期，文化原本就是人闲我不闲、人忙我也忙的事。《文化广场周刊》谨向春节期间坚守文化岗位的同道致敬。

1997 年 2 月 6 日《深圳商报》

第七版《文化广场周刊》第 75 期

# 容易吗!

辽宁教育出版社“国学丛书”中收有一本《公羊学引论》，著者为蒋庆。春节期间在书城偶翻此书，大惊。所惊者三：

其一，作者蒋庆为深圳人，现任深圳行政学院行政学研究所副教授（据书中“作者简介”）。这么一位有独特见地的、有非凡成就的深圳学者，我们对他竟所知甚少。

其二，深圳果然藏龙卧虎，寂寞中于此城做学问者大有人在，像乐政，像刘申宁，像蒋庆，都是。他们散落各处，隐于一隅，不求闻达，不事炒作，不善包装，不懂钻营，故虽有成而无名。许多的文化星辰被世风遮蔽了。梁治平在《公羊学引论》序文中有段话可谓知人之论，抄录在此：

> 最近十数年间，海内外从事于传统思想现代诠释者日众，然抱持济世之心，汲汲于传统政治智慧之现代义，而以公羊传人自居者，惟蒋兄一人。彼在南方一隅，置身“商潮”、“股风”之中，不独平日所思所想无人可以交谈，其甘心寂寞一心向学的态度也与周围人事格格不入。难得他数年如一日，隐于市，不动心，信弥笃而志弥坚。终于撰成此书，是不负前贤，亦是尽性立命。

其三，蒋庆写《公羊学引论》，并不以研究者自诩，倒视自己为公羊学传人。“是书立言论事，一以公羊义理为准，故是书为公羊学著作（着重号为蒋庆所加），而非客观研究公羊学之著作。公羊学为今文经学，故是书亦为今文经学。”这样的学术姿势一点儿没有花拳绣腿，一点儿没有故弄玄虚，一点儿没有外强中干，一点儿不像时下正流行的一类惯发高论新论西论的“学者”。他静静地站于“吾儒”之列，坚守自己的学术人格，恪守自己的学术身份与使命，且有足够的学术勇气，这一点格外让人敬佩。

书稿完成距今已过五年，不知蒋庆现在是否还在深圳，也不知有多少蒋庆这样的学者如今还在深圳，不知他们生活状况如何。但说他们生活得“不容易”肯定不会错。黄梅戏表演艺术家马兰参加年三十晚上中央电视台春节联欢晚会的演出后，大年初一飞抵深圳。谈到晚会前前后后的事，马兰大为感慨，说今年晚会剧组流行一句话:“容易吗！”自己对自己说“容易吗！”是感叹，对别人说“容易吗！”是问候，是理解。看得见的是舞台上的花花绿绿，听不见的却是台后一声声的“容易吗！”。社会舞台上蹦蹦跳跳的人多得很，也常常有好戏连台的时候，但蒋庆们却在幕后静静地写自己的书，容易吗！蒋庆在书的后记中说：“在深圳，要潜心学问实不容易。在商品大潮的冲击下，在股票市场一夜间可以致富的发财诱惑中，欲终日枯坐书斋，捡寻故纸，此心确实须承受住理想与现实的巨大反差所带来的紧张与痛苦……”

1997 年 2 月 13 日《深圳商报》

第七版《文化广场周刊》第 76 期

# 梁羽生应该得意

香港的许多文化人，像柳苏、黄维、梁羽生等，都不太同意香港是“文化沙漠”的说法，他们列出的证据很有意思，起码都有“以一当十”之效。前些年《我的中国心》传唱一时，柳苏说这一首完完全全的港产歌曲证明，“香港并不是‘文化沙漠’，也不是只出靡靡之音的地方”，说香港“大有花草，各种各样的花草都有”。黄维则举出香港的纯文学杂志、交响音乐会、艺术节等文苑盛事以证“沙漠”之说是不实之讥。梁羽生最有趣，他觉得是否真的是沙漠可以姑置不论，但“只就对联来说，香港的水平是不低的，非但不是沙漠，甚至可说是花果满园”。

梁羽生《名联谈趣》一书，记录了几次香港较大规模的征联活动，如观塘艺术节征联、宋城征联、状元红征联等，每次的应征联语都数以千计，可见港岛虽商海涛声滚滚，但风雅之声依旧盈耳，而且动听。宋城征联的冠军联为“大宋汉山河，气势长存威海外；富家王府第，声名远播震城中”，端的是有气魄，又不乏商业社会的特色：雅俗浑然一体。

对联为汉语之独有文体，其他文字实难为之。寥寥数语间，既要词性相同，虚实相对，又要平仄符合规范，题旨精当妥帖，做起来实在不容易，非有古典功底、音韵修养不办。旧时文人乐此不疲，佳作辈出，今人多视为雕虫小技，文字游戏，不屑一为。这应该算是一个误会。云乡先生电话里说，现在年轻人作对子水平不高，这不能怪他们，他们何曾受过这方面的教育？“只要他们有热情、肯学就好了，今年作得不好，明年就会好些。”他这是有感于过去，寄望于未来的意思了。

此次“迎九七”新春征联活动，参与者之众，已令主办单位大喜过望，短短40天，收稿件近600件，用“丰收”一词形容不算过分。我们并非鼓励大家都来学对联，似乎对子作得好什么都成了——绝无此意。股市有险，商机无限，信息化时代，数字化生存，可作可为之事多得很，大可不必非摇头晃脑对对子。但对联一道，也不该自此就走上绝路，在过去它是中国文人的基本功；今天，文化人也应有此修养才是。中国一个城市有许多人善作对联，也许说明不了太多；但一个中国城市竟没多少人能对对子，也太说不过去了。

征联之意，实在“联”外，“迎九七”是其一，其二是希望能唤起人们对中国文化传统的热情，哪怕是一点点都好。前几天有报纸载文说，如今之所以出不了现代文学史上的那些大家，就是因为现在的人传统文化功底不厚，经史子集读得不透，诗词曲赋背得不多，确是中的之论。这么说不是“复古”，是想让更多的人心中笔下眼睛里多些自己的东西，多些底气，这样看外面的世界才不至于“雾里看花”，才不会搬回一些不生不熟不伦不类的“学术名词”害己害人。那英的《雾里看花》中唱道：“借我借我一双慧眼吧，让我把这纷扰看个清清楚楚明明白白真真切切。”这个能看清“纷扰”的慧眼，在向西方“借”的同时，也该到我们的典籍中去寻一寻。清代书法家包世臣曾作读书联“喜有两眼明，多交益友；恨无十年暇，尽读奇书”。说也可怜，许多的文化典籍，看的人越来越少，能看懂的就更少，真快成了奇书了。

梁羽生的武侠小说也是奇书，如今看的人很多，岂不知梁大侠古文功底深厚，文史修养大有过人之处。当年从未写过小说的梁羽生初试武侠牛刀时，即以一首悲歌慷慨的词开篇，每回回目对仗工整，富有文采。《龙虎斗京华》书成，轰动远近，成新派武侠开山之作。1949 年，梁羽生去岭南大学拜访陈寅恪，谈到陈先生当年出的“孙行者”一联，觉得对“胡适之”不如“祖冲之”工稳。陈寅恪说：“你肯读书，也有见解……”事后冼玉清教授跟梁羽生开玩笑说：“寅老夸奖了你，你别得意。"梁羽生应该得意。倒是我们这些自以为读了几年书的人不要太得意：不说别的，对对联都不一定对得对。

1997年2月20日《深圳商报》

第七版《文化广场周刊》第77期

# “时装逻辑”

军阀来来去去，马蹄后飞沙走石，跟着他们自己的官员、政府、法律，跌跌绊绊赶上去的时装，也同样地千变万化。短袄的下摆忽而圆，忽而尖，忽而是六角形。女人的衣服往常是和珠宝一般，没有年纪的，随时可以变卖，然而在民国的当铺里不复受欢迎了，因为过了时就一文不值。

世间竟有如此妙笔，一百多个字，已把穿戴与政治社会的关联牵扯、服装与时装的你来我往、现今与往常的黑白分明，抖搂得差不多了。然而张爱玲“语不惊人死不休”：

> 时装的日新月异并不一定表现活泼的精神与新颖的思想。恰巧相反，它可以代表呆滞；由于其他活动范围内的失败，所有的创造力都流入衣服的区域里去。在政治混乱期间，人们没有能力改良他们的生活情形。他们只能够创造他们贴身的环境——那就是衣服。我们各人住在各人的衣服里。

前前后后，洋洋洒洒，张爱玲把一篇《更衣记》写了六千多字。现在或以后研究服饰文化的专家学者，寻灵感、找材料、引观点时，千万不可漏掉此文。三八妇女节后天就是，我们赶制了一个“广场特辑／文化眼神看女性”。之外还想说点什么，但实在不知从何说起。时装款式如云，时尚风起云涌，美容术出神入化，化妆品改写江山，女人世界似乎自成王国，想移民到那里肯定是妄想，连旅游护照也未必办得下来。刚刚翻过几本时装时尚杂志，感慨两端，每端一句话。一端是原来另一种生活已成这个样子；另一端是我们原来生活在生活之外。按老夫子“知之为知之，不知为不知”的教诲，不懂的不乱讲。但心又有所不甘，顺手拈出张爱玲的《更衣记》，推荐给各位女同胞，也带点节日礼物的意思。逛服装店之余，能读读书，读读《更衣记》一类的文章，生活当更有点味道。

恩格斯曾说过妇女解放的程度是衡量一个社会进步的天然尺度，那么，妇女生活的精彩程度，也该代表社会的精彩程度；妇女生活的富裕程度，也该代表社会的富裕程度；据妇女笑声的多少，大概也称得出社会笑声的多少了。如此甚好！

时装的更新换代常常有莫名其妙的时候，但有一个铁定的逻辑“新／旧”。时装的灵魂是“新”；款式一旧，只有“跳楼”的份儿，“跳楼价”经常不起作用，女同胞们看都不看它们一眼。“时装逻辑”创造出一个强大的时装产业，创造出众多设计大师、天桥名模，当然更创造利润，创造旧衣服，创造“喜新厌旧”的烦烦恼恼。

“时装逻辑”简直是力大无比的“大力水手”，它往往越界施威，起码在文化界创造了一种“学术工业”，创造出许多追赶时尚的“畅销书”，创造出千百万篇苦苦求新的论文，创造出满纸满书满世界的新词汇新观点新方法新状态新写实新都市新视角新浪潮新权威新热点。时装的款式有多少，学术程式、文学样式、批评模式、出版招式、造词形式就有多少。

女同胞们用起“时装逻辑”来得心应手，她们痴迷地看“时装秀”“时装快讯”“时尚放送”，但她们清楚有些时装完全中看不中用。“在自己家里穿给自己看还可以，穿着上街？那是模特的事。”她们最懂得如何挑选适合自己的新衣服。可惜，文化界崇拜新潮、甘当“模特”的人也太多了些。他们勇敢闯进花花世界，却不明白自己身上该涂抹点什么颜色。

“文化眼神看女性？”且慢，女性眼神看文化还差不多！

1997年3月6日《深圳商报》

第七版《文化广场周刊》第79期

# 这里的变化静悄悄

似乎在不经意之间，深圳关怀文化的人多起来了，不仅文化人在说在写在做，传播媒介也纷纷开专栏，辟专版，办专题节目。深圳广播电台第二台两星期前办一新节目，名为《文化之旅》，时间安排在星期天晚上的黄金时间段。节目的标志语是“有一脉文化需要关怀，有一个家园需要看护”，很动人，很温情，不知出自哪位高手。上个星期天我和老束应邀去他们的直播室做短暂“旅行”，感觉我们《文化广场周刊》又多了一个志同道合的“旅伴”。但几个人在直播话筒前提心吊胆说两个小时的话也太累了，“文化关怀”真不是一个轻松的活儿。

不轻松而非要去做，这种情怀几近于“痴呆”。曹宇挥笔舞了一篇《倚天挥舞双刃剑》，也觉得累。他电话中说文章写完后觉得全身一点儿力气也没有了，“人都快散架了”。他认为“深圳文化的构建已提上了一个前所未有的紧迫高度，但寻找一种适用的构建操作工具远比空喊文化建设的口号重要得多”，他说“深圳人主要是在自己的园子里辛勤舞剑，但剑影却早已投射到园子外去了”。说得精彩极了。我不觉得他寻找到的“操作工具”真的有那么大的威力，他笔下的那把“双刃剑”是否能“劈杀出一片文化人所希冀的天地来”，恐怕还要等等看。但曹宇的眼光是敏锐的，他在向我们预报“天气”，他捕捉到了“刀光剑影”，他希望“挥舞好这些利刃以劈杀出一片澄明的文化天空来”，这让人再次生出“深圳舞台多壮士”的感慨。

其实，原来人们常说的“深圳人不大关心文化”多半是一种误解，是把老目光带到了新天空。不是不关心，是关心的方式变了，变得和在其他城市时不太一样了。甚至这种变化本身的变化方式也变了，变得不事声张，变得静悄悄，变得“低调”却强而有力。深圳人的关心文化，可能不都是一心一意、全力以赴的，但间或表达出来的关心可能是较为纯粹的。这种关心可能不是“职业化”“岗位化”的，却在最大程度上少了功利因素。关心的姿势可能不太传统、不太正统，但举手投足间却多了现代性。对许多问题的看法也可能不再是很激烈的、很锋芒毕露的，即使争论起来也不再动不动脸红脖子粗，不再以唇为枪，以舌为剑，始之偏见，继之拳脚——破坏性少了，建设性多了；空话少了，行动多了；态度比较温和了，胸怀比较宽阔了。有了这些变化，深圳文化的天空可能更好看。有些变化很重要，我们却难以察觉，就像南方四季的交替；有的路我们已走了很远，但总是觉得刚刚开始，比如文化之旅。

1997年3月27日《深圳商报》

第七版《文化广场周刊》第82期

# 绝妙序跋

读书人多不喜读序跋一类的文字，认序跋为不足观的小道。王元化先生对此不以为然，他说他自己把近几年来的反思都写进了新书的序跋中，写这些序跋甚至花费了比写论文还要多的力气，“可是遗憾的是这一点似乎并没有人注意”。不过，一旦有人注意到了，元化先生就很高兴，有一次他对访客说：“我很高兴你从我近年著作的序跋中清理出我几年的思想脉络……”

书前书后的序跋文字，正如著作者的眼神。想知道写书的人看见了什么，当然要去读他的书；若要先观察一下他的眼睛，弄明白是清澈还是浑浊，是空洞无物还是灵气充盈，是大而不当还是小而迷人，读读序跋也就差不多了。这当然指的是自序、自跋，求名人作的序跋仿佛是著作者买来或借来的眼镜，多半起些装点脸面的作用，又或者兼作遮丑之用，你很难透过眼镜看出眼神来的。

在上海见过朱学勤一面，忘了他是不是带眼镜了，但他的几本书的序跋文字却全是出自己手，且直抒胸臆，情性毕见，锐意迭出，气势难挡，似乎他于学术领域游刃时，笔下还略有节制；一到要结集出书，序言便成了他轻松筋骨，跳跃撒欢的草地了。

很高兴学勤先生能将他尚未出版的一本新书的序言《没有雪的冬天》交给我们发表（见今日九版）。手头还有他另外两本书：《风声 · 雨声 · 读书声》和《道德理想国的覆灭》。学勤先生近几年致力于介绍、评价顾准其人其书，于思想界、读书界功莫大焉。在《道德理想国的覆灭》一书的序言中，学勤先生写道：“历史无情，埋没多少先我而知者？天网有疏，间漏一二如我后知者。先知觉后知，是为启蒙；后知续先知，勉为继承。谨以我绵薄之作，敬献顾准先生在天之灵；同时，亦以此敬献我同时代人中的启蒙者、牺牲者，也算是一份迟到的报答。”学界中人不改性情本色，著书立说能出血泪文字，这样的学者眼见得越来越少了。

大师们的思想总能遇到知音，可能在当时当地，也可能在异时异地。异时异地的介绍者、译述者于另一时空遥对大师发“莪莪兮若泰山”“洋洋兮若江河”之叹，这声音可算是绝妙的序跋文字了。如此说来，朱学勤仿佛顾准的“序跋”，范景中好比英国艺术史大师贡布里希的“序跋”，张爱玲也算是曹雪芹的“序跋”……有了这些序跋，高山流水之音才不会消歇，世不二出的大书才不至于太寂寞。

1997 年 4 月 3 日《深圳商报》

第七版《文化广场周刊》第 83 期

# “正欲得素心人一谈耳”

## 一

名言有时像名菜，许多人乐意去吃，且能吃出不同的滋味；又仿佛是名药，什么病都用得着，“一言即出，百病回避”。——“大抵学问是荒江野老屋中二三素心人商量培养之事，朝市之显学必成俗学。”钱锺书先生这句名言，照例也被很多人很多次吞咽、咀嚼过了。做学问的人因此而叹荒江难找，老屋难寻；做不成学问的人却悟出了“学问不好，皆因素心难求”的道理；瞧不起学问的人突然信心大增，恨不得立刻把学者们都动员到荒江野老屋中去；批评家当然是一脸深刻：显学成俗学并不可怕，怕的是俗学纷纷成了显学；最“通透”的是儒商：在荒江野老屋中做学问焉能不吃素？朝市之显学必成俗学意味着俗学一上市就成显学。此乃创意！学问因何而“显”？无他，新潮加包装加炒作而已。

最寂寞的是“商量培养”，这四个字似乎喜欢的人不多。其一，“爱你没商量”，许多事越来越没商量；其二，“时间就是金钱”，谁“培养”得起？陪不起，赔不起……

## 二

近读岩山先生《杂志的品格》一文，觉得很有意思。看起来他是在表扬一本杂志，其实是在谈自己心目中理想杂志的标准。其中提到：要倡导一种自由的治学方法，营造互相启发的学术氛围。不必急于对风口浪尖上的文化学术问题做出自己的评判，只需邀请各路人马在这里聚谈。不必包装得刀光剑影，不必炒作得硝烟弥漫。面对历史的阴影，你可以沉痛万分，但不可以失去常态，大喊大叫；你可以针锋相对，但千万不要狂妄张扬，骂不迭口。读者要的是大家之气，不是匪气霸气流氓气，不是拳头枕头与噱头……

说得好极了。其实也就说了四个字：商量培养。苏曼殊《碎簪记》中有句话："吾每日以'勋爵勋爵，入阁入阁'诸名词见累，正欲得素心人一谈耳。"办刊为文说文化，真要有这样的情怀。

## 三

我对男旦向无研究，也谈不上喜欢，但也觉得深圳胡文阁的"男唱女声"已臻很高艺境，大有潜力可挖；其成就似乎不能因有人不喜欢就可一笔勾销。起码可以商量，可以培养。第82期《文化广场周刊》刊载靳飞《致深圳胡文阁兄》一文正是这个意思；今天再发表徐城北《致深圳胡文阁弟》，还是这个意思。空泛地谈文化应有“商量培养”的气氛并无多大用处，对具体的人和事“商量培养”一番才有意义。你当然有权利说“男旦就是让人觉得别扭”，但胡文阁也有权利继续走他的“男唱女声”之路。

孤芳自赏很容易，唱给别人听就得有个商量。美国一位歌唱家在拉斯卡拉首次演出。第一支咏叹调唱完，观众掌声雷动，高呼“再来一遍”。于是又唱一遍。还是掌声雷动，还是“再来一遍”。于是唱第三遍、第四遍……歌唱家累了，同观众商量：“我还得唱几遍呀？”观众回答：“唱到你唱准了为止！”

1997年4月10日《深圳商报》

第七版《文化广场周刊》第84期

# 岂不快哉！

在深圳生活，感觉时光流得太快："昨天"还没起床，"今天"已在客厅恭候；话没说上几句，"明天"又在外面敲门了。时光变成了抽象艺术，我们只看得见它流逝的线条，却来不及端详它缤纷的姣容——岂不快哉！

编《文化广场周刊》近两年，又觉得时光不仅如电，而且如兔：周刊一期一期地出，时光如兔子般敏捷地一期一期地蹦。三蹦两蹦，《文化广场周刊》就快一百期了，岂不快哉！

人活一百，在古在今都不是件容易的事。因为不易，反而可以放宽心。“谁想活到一百岁？有啥意思？”亨利·米勒潇洒万状，“活得好而短，比起长寿而心事重重，整天看病吃药，不知要强多少”。可是，一个周刊很容易就办到一百期，因为容易，价值顿减，既不值得大贺大喜，更无理由故作潇洒。一百期？周刊办到一千期也不过需二十年，岂不快哉？

不过，大贺大喜虽不必，心里难免也有些快意。近两年间，世事棋变，运行如风；人间事多，瓢泼如雨，《文化广场周刊》以两三版之小舟，载道载文，言情言志，乘风而行，穿雨而渡，速度未曾稍减，航向亦无大变。并非《文化广场周刊》有回天之功，实因风调雨顺，大势使然。《文化广场周刊》微力遇此大势，岂不快哉！

近两年间，深圳经济速度续增，文化温度趋热；谈股市的人也说文化，淘金梦圆的人又入书城；装修好新居的人不忘寻找家园感，“前院”住累了的，转身踏访“精神后宫”……越来越多的深圳人，在字里行间探索文化，在街头巷尾寻找文化，在车上楼中呼唤文化，在瞻前顾后构想文化，在古今中外比较文化，在荧屏报端培养文化，在野外室内创造文化——正是一曲“文化大合唱”。《文化广场周刊》以两三面之锣鼓，勉力为合唱伴奏，当敲则敲，当鸣则鸣，声音未必句句悦耳，但也勉强没乱节拍。《文化广场周刊》微音而遇众人高声，岂不快哉！

周刊百期，“心事重重”。要“活得好而长”大不容易，“看病吃药”更免不了。但不妨就学学亨利·米勒的潇洒，反其意而叹曰：“谁不想活到一百岁？本期已是九十九，过几天就是一百期——岂不快哉！”

1997 年 7 月 24 日《深圳商报》

第十五版《文化广场周刊》第 99 期

# 与凌晨对话

将《文化广场周刊》百期特辑四个版的编辑大样校改一遍，不用看表，就知道凌晨又来了。窗外灯光点点，车声隆隆，深圳的凌晨似乎从来不休息。近两年间，同凌晨打交道少说也有几百次，相互间相知渐深，对话往往能直言不讳。今天它说：《文化广场周刊》一百期，能算什么了不得的大事呢？二百多个版面，不过是报纸合订本中发脆变黄的纸张，读者眼中且聚且散的烟云，阅报栏中转瞬即逝的风景，城市记忆中若隐若现的划痕……如此而已，为什么又有这样一个“百期特辑”？

一时无话。看了一眼端坐书桌上的那盆榕景，猛觉它在这儿也已两年多了，几百张改得面目全非的校样它都曾一一尽收眼底。前几天，不知为何，它的叶子突然落光；而此刻，枝枝杈杈上竟又是一片新绿。是的，一期周刊，一片落叶而已。百期又如何？要看今后的枝头是否会绽新绿。——

可以回答凌晨的问题了：

说来话并不长，是还有一些相识不相识的读者、作者、同人、朋友、师长、领导，他们觉得，“文化广场”上有些绿意应该留住，有些叶芽可以端详，有些神韵不妨重温，有些风致大可继续。他们出了主意，写了文章，辟了版面，做了海报。诸多的良言美意都是鼓励我们再绽新绿。

凌晨略一思索，点点头说道：“你们今日百期当头，我勉强把‘百尺竿头’的典故借你们一用。记得儒家有诗‘千重浪里平安过，百尺竿头稳下来’，又记得佛家有诗‘百尺竿头须进步，十方世界现全身’。这两层意思你们可明白？”

“明白！”

1997 年 7 月 31 日《深圳商报》

第十五版《文化广场周刊》第 100 期

副刊

# 已出版图书目录

## 一、精品栏目荟萃

《副刊面面观》

《心香一瓣》

《纽约客闲话精选集　一》

《多味斋》

《文艺地图之一城风月向来人》

## 二、个人作品精选

《踏歌行》

《家园与乡愁》

《我画文人肖像》

《茶事一年间》

《好在共一城风雨》

《从第一槌开始》

《碰上的缘分》

《抓在手里的阳光》